DUMAS · RIVIÈRE

MAÎTRE BERGER

LE PENSIONNAIRE DE SAINT-VINCENT

ÉDITIONS Glénat

Albums de François Rivière
Le Rendez-Vous de Sevenoaks (avec Floc'h), Dargaud
Le dossier Harding (avec Floc'h), Dargaud
Révélations Posthumes (avec Andreas), Bédérama
Le réseau Madou (avec Goffin), Casterman
Blitz (avec Floc'h), Albin Michel
A la recherche de Sir Malcolm (avec Floc'h), Dargaud
La mine de l'Etoile (avec Goffin), Casterman
Le privé d'Hollywood (avec Bocquet et Berthet), Dupuis
Amérika (avec Bocquet et Berthet), Dupuis.

Albums de Patrick Dumas :
Les oiseaux du diable (Glénat)
Les méandres du temps (Glénat)
La nuit de l'araignée (à paraître, Glénat)

A paraître dans la même série :
Le sorcier de la Falaise

Toute ressemblance avec des personnes et des situations réelles ne peut être que fortuite, ''les dossiers de Maître René Berger'' étant une œuvre de pure fiction.

Les Auteurs

Fontenay-le-Comte (Vendée) le 6 février 1950. Toute la ville est assoupie.
À l'Institution Saint-Vincent, les élèves ont regagné leurs dortoirs depuis longtemps.
+ INSTITUTION St-VINCENT +
Je vais te tuer !
Non! Non!
HHHAAAA

T'as entendu, Jeff? On a crié!
Ah! C'est vous, mon petit Seguin... Mais!!
C'est Antoine Duvert, Monsieur le Supérieur. Je crois bien qu'il... qu'il est trop tard!
Jésus! Marie! Joseph!
C'est horrible! Il doit être ...
Mon Dieu! Que s'est-il passé?
Vains dieux! J'ai entendu comme ...
OH!
Oui, Duvert a l'air mort. Il est tombé par-dessus la rambarde.
Mais, comment le savez-vous?
J'étais de garde au dortoir des Secondes. Je suis venu remettre un livre dans la bibliothèque ...
...et j'ai entendu un cri...
Qu'est-ce qui se passe? Pourquoi tous ces bruits?
2

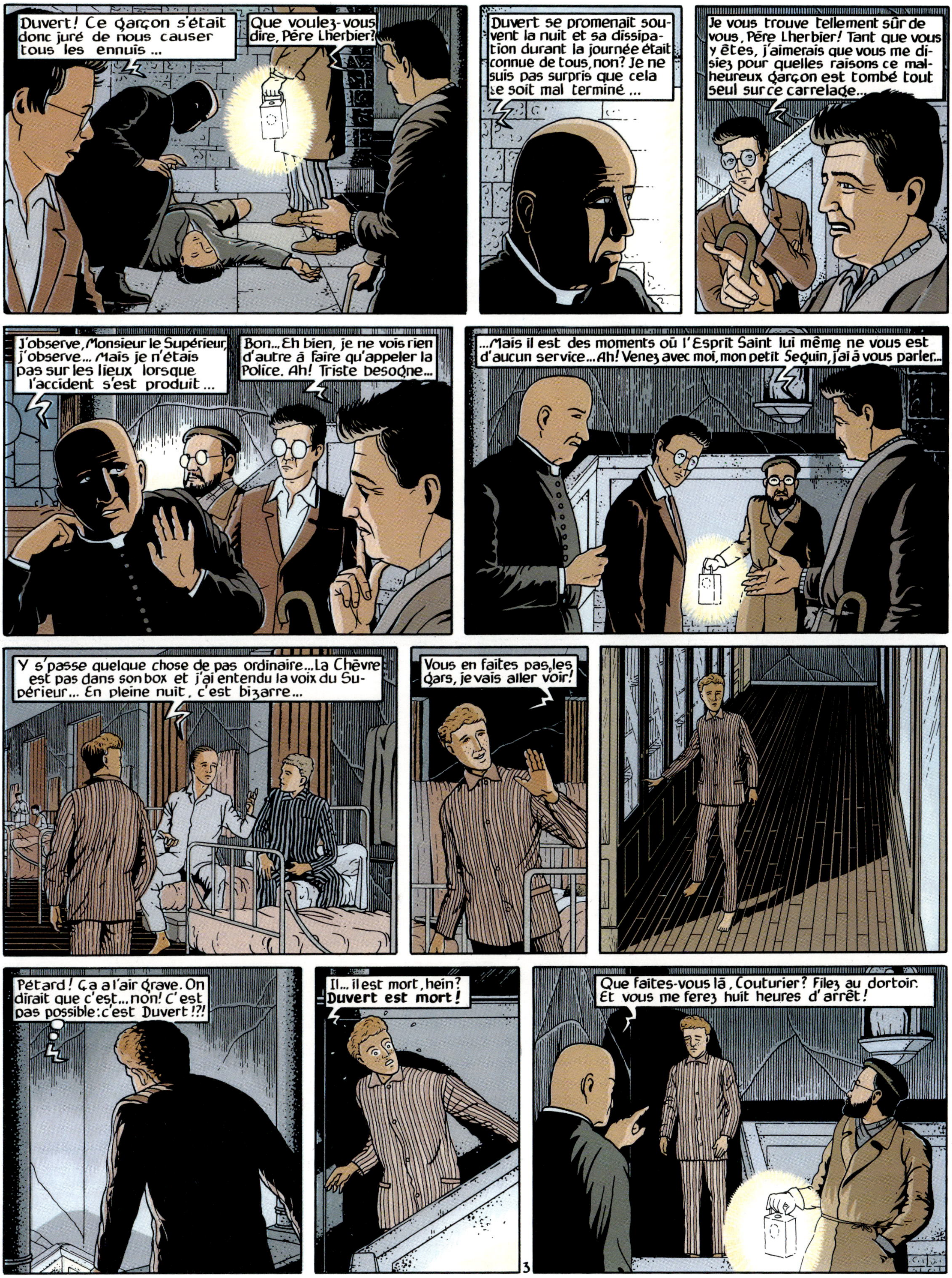
Duvert! Ce garçon s'était donc juré de nous causer tous les ennuis ...
Que voulez-vous dire, Père Lherbier?
Duvert se promenait souvent la nuit et sa dissipation durant la journée était connue de tous, non? Je ne suis pas surpris que cela se soit mal terminé ...
Je vous trouve tellement sûr de vous, Père Lherbier! Tant que vous y êtes, j'aimerais que vous me disiez pour quelles raisons ce malheureux garçon est tombé tout seul sur ce carrelage...
J'observe, Monsieur le Supérieur, j'observe... Mais je n'étais pas sur les lieux lorsque l'accident s'est produit ...
Bon... Eh bien, je ne vois rien d'autre à faire qu'appeler la Police. Ah! Triste besogne...
...Mais il est des moments où l'Esprit Saint lui même ne vous est d'aucun service... Ah! Venez avec moi, mon petit Seguin, j'ai à vous parler...
Y s'passe quelque chose de pas ordinaire... La Chèvre est pas dans son box et j'ai entendu la voix du Supérieur... En pleine nuit, c'est bizarre...
Vous en faites pas, les gars, je vais aller voir!
Pétard! Ça a l'air grave. On dirait que c'est... non! C'est pas possible: c'est Duvert !?!
Il... il est mort, hein? Duvert est mort!
Que faites-vous là, Couturier? Filez au dortoir. Et vous me ferez huit heures d'arrêt!
3

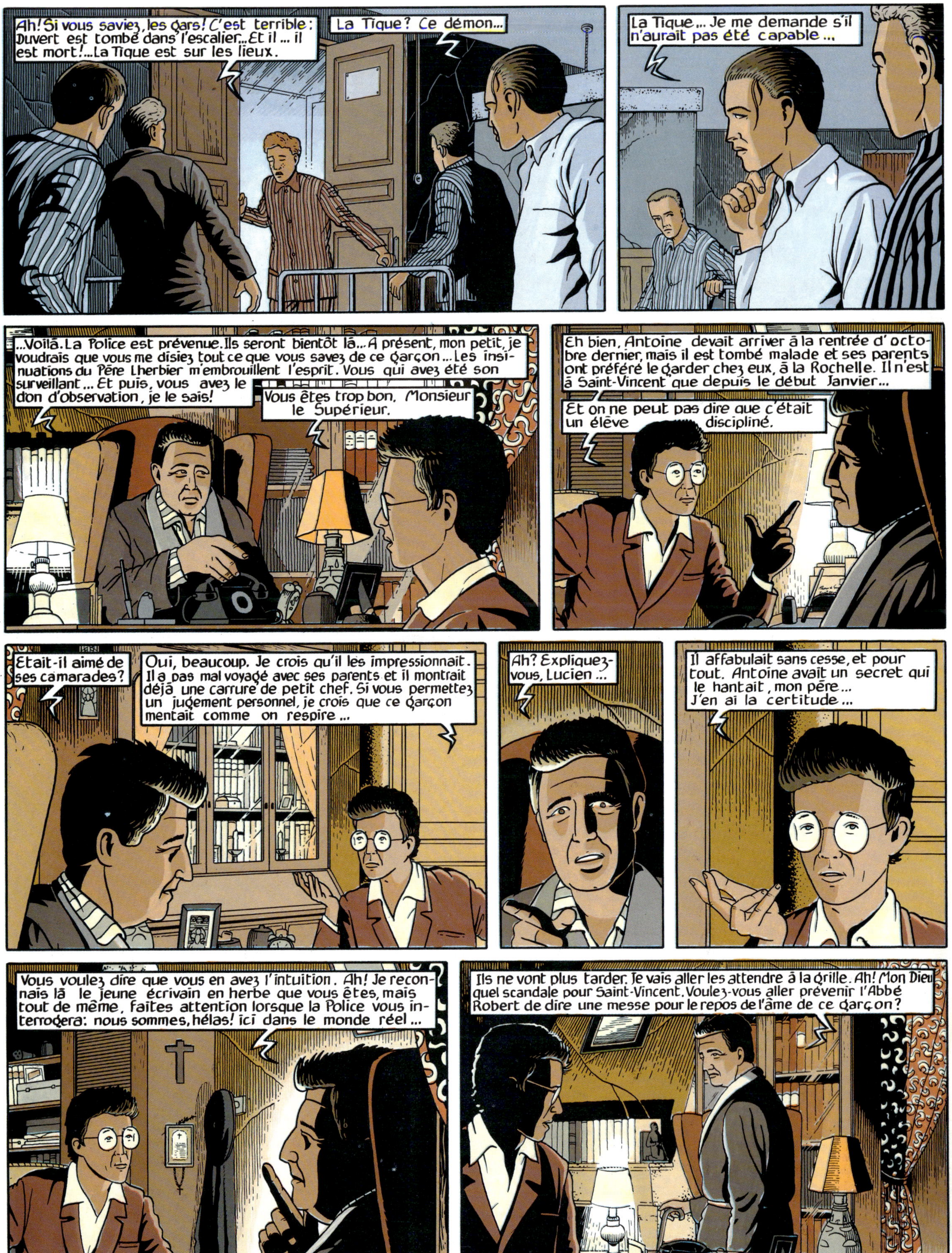
Ah! Si vous saviez, les gars! C'est terrible: Duvert est tombé dans l'escalier... Et il... il est mort!... La Tique est sur les lieux.
La Tique? Ce démon...
La Tique... Je me demande s'il n'aurait pas été capable...
...Voilà. La Police est prévenue. Ils seront bientôt là... A présent, mon petit, je voudrais que vous me disiez tout ce que vous savez de ce garçon... Les insinuations du Père Lherbier m'embrouillent l'esprit. Vous qui avez été son surveillant... Et puis, vous avez le don d'observation, je le sais!
Vous êtes trop bon, Monsieur le Supérieur.
Eh bien, Antoine devait arriver à la rentrée d'octobre dernier, mais il est tombé malade et ses parents ont préféré le garder chez eux, à La Rochelle. Il n'est à Saint-Vincent que depuis le début Janvier...
Et on ne peut pas dire que c'était un élève discipliné.
Etait-il aimé de ses camarades?
Oui, beaucoup. Je crois qu'il les impressionnait. Il a pas mal voyagé avec ses parents et il montrait déjà une carrure de petit chef. Si vous permettez un jugement personnel, je crois que ce garçon mentait comme on respire...
Ah? Expliquez-vous, Lucien...
Il affabulait sans cesse, et pour tout. Antoine avait un secret qui le hantait, mon père... J'en ai la certitude...
Vous voulez dire que vous en avez l'intuition. Ah! Je reconnais là le jeune écrivain en herbe que vous êtes, mais tout de même, faites attention lorsque la Police vous interrogera: nous sommes, hélas! ici dans le monde réel...
Ils ne vont plus tarder. Je vais aller les attendre à la grille. Ah! Mon Dieu quel scandale pour Saint-Vincent. Voulez-vous aller prévenir l'Abbé Robert de dire une messe pour le repos de l'âme de ce garçon?

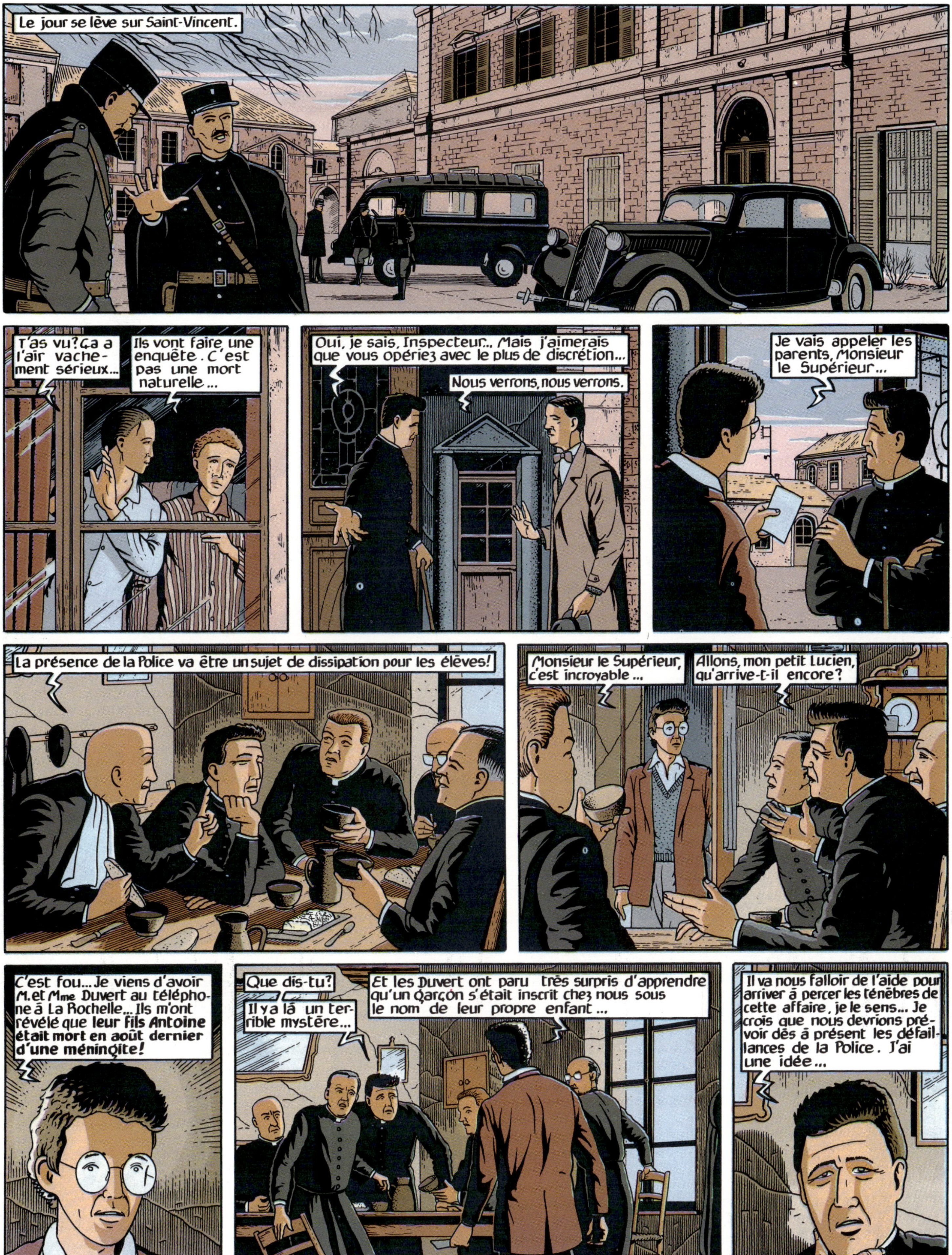
Le jour se lève sur Saint-Vincent.
T'as vu? Ça a l'air vachement sérieux...
Ils vont faire une enquête. C'est pas une mort naturelle...
Oui, je sais, Inspecteur... Mais j'aimerais que vous opériez avec le plus de discrétion...
Nous verrons, nous verrons.
Je vais appeler les parents, Monsieur le Supérieur...
La présence de la Police va être un sujet de dissipation pour les élèves!
Monsieur le Supérieur, c'est incroyable...
Allons, mon petit Lucien, qu'arrive-t-il encore?
C'est fou... Je viens d'avoir M. et Mme Duvert au téléphone à La Rochelle... Ils m'ont révélé que leur fils Antoine était mort en août dernier d'une méningite!
Que dis-tu?
Il y a là un terrible mystère...
Et les Duvert ont paru très surpris d'apprendre qu'un garçon s'était inscrit chez nous sous le nom de leur propre enfant...
Il va nous falloir de l'aide pour arriver à percer les ténèbres de cette affaire, je le sens... Je crois que nous devrions prévoir dès à présent les défaillances de la Police. J'ai une idée...

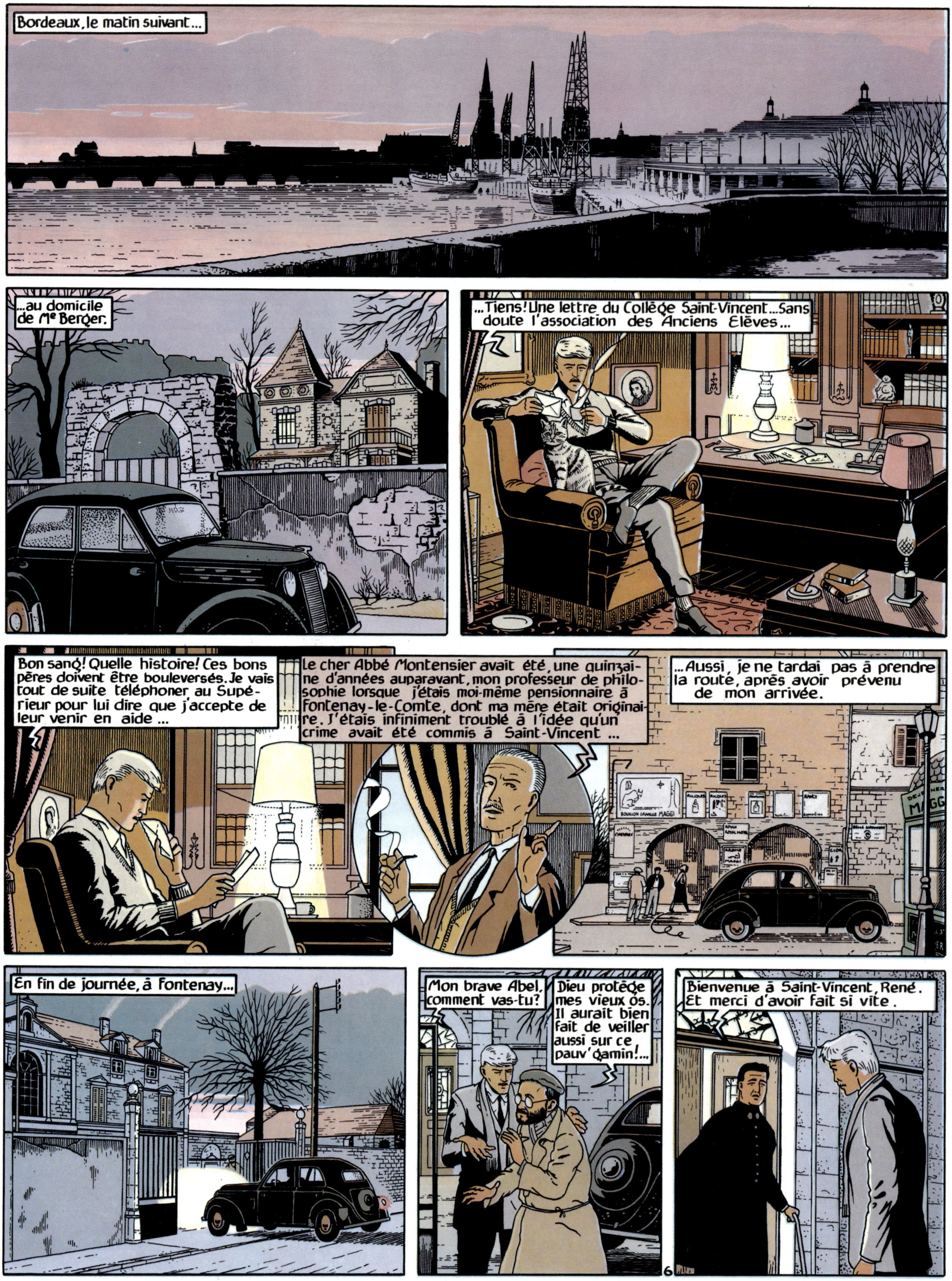
Bordeaux, le matin suivant...
...au domicile de Me Berger.
...Tiens! Une lettre du Collège Saint-Vincent...Sans doute l'association des Anciens Elèves...
Bon sang! Quelle histoire! Ces bons pères doivent être bouleversés. Je vais tout de suite téléphoner au Supérieur pour lui dire que j'accepte de leur venir en aide...
Le cher Abbé Montensier avait été, une quinzaine d'années auparavant, mon professeur de philosophie lorsque j'étais moi-même pensionnaire à Fontenay-le-Comte, dont ma mère était originaire. J'étais infiniment troublé à l'idée qu'un crime avait été commis à Saint-Vincent...
...Aussi, je ne tardai pas à prendre la route, après avoir prévenu de mon arrivée.
En fin de journée, à Fontenay...
Mon brave Abel, comment vas-tu?
Dieu protège mes vieux os. Il aurait bien fait de veiller aussi sur ce pauv'gamin!...
Bienvenue à Saint-Vincent, René. Et merci d'avoir fait si vite.

Venez dans mon bureau : il y a quelqu'un qui vous y attend avec intérêt.
Ah?!
Lulu! Toi ici!? (*)
Eh oui, Maître. J'ai été élève à Saint-Vincent pendant six années. A présent, je suis surveillant des Secondes tout en préparant ma licence de lettres.
(*) Voir : La Veuve de Confolens.
Félicitations... Mais j'aurais préféré te revoir dans des circonstances plus heureuses.
Asseyez-vous, René. Abel va vous apporter une collation, mais en attendant, Lucien et moi allons vous raconter tout ce que vous devez connaître sur Antoine Duvert... notre jeune mort.
... Cette affaire de substitution est étrange et tout baigne dans le noir. Que pense la Police de Fontenay?
L'Inspecteur Prasteau a décidé de diffuser une photographie d'Antoine dans la presse afin de retrouver ses vrais parents. Quant à ceux du véritable Antoine Duvert, ils seront entendus demain...
Hum... Il faudra que je les voie, moi aussi. Vous les connaissez?
Oui. Leur fils aîné a été chez nous pendant deux ans et Antoine devait entrer cette année en Seconde. C'est ce qui explique que nous ayons été abusés par un... faux Antoine Duvert!
Curieux... Vraiment très curieux!
A présent, je vais vous laisser vous reposer. Lucien va me montrer ma chambre. A demain, Monsieur le Supérieur...
Regardez, c'est La Tique... Je veux dire le Père Lherbier. Il nous observait!
La Tique! Une vieille connaissance... Nous n'étions pas toujours en bonne intelligence, lui et moi...
Il m'accusait de trop vouloir prendre la défense de mes camarades lorsqu'il les punissait. Ah! Ah! C'était prémonitoire!
Lui, ici! Il ne manquait plus que ça...

Voilà, c'est ici. Cela vous rappelle le bon temps?
Oui. En Philo, je partageais une chambre comme celle-ci avec Adrien de Beauregard, aujourd'hui ministre d'État! Que de souvenirs...
Voyons, Lulu... pardon: Lucien...
Oh! Vous pouvez m'appeler Lulu, comme à Confolens. Les élèves, ici, m'appellent La Chèvre... à cause de Monsieur Seguin!
Très spirituel!... Raconte-moi un peu comment était celui que, faute de mieux, nous devons bien appeler Antoine. J'ai besoin de détails, Lulu!...
Il était très secret et dissipé à la fois. Nerveux, toujours sur la défensive, avec quelque chose de... comment dire? de déplacé, si vous voyez ce que je veux dire.
Hum... Oui. Et en classe, comment se comportait-il?
Ses résultats étaient désastreux. Il se fichait des études.
Ah bon? Comme si... comme s'il n'était pas là pour cela, en somme... Ou malgré lui. Ce qui pourrait expliquer sa fin brutale. Mais, qui pouvait avoir intérêt à le supprimer?
La Chèvre est pas là. Y paraît qu'un type est arrivé ce soir. Un ancien élève. Un avocat!
Ah, ouais? Qu'est-ce qu'y vient faire?
Sûrement une enquête. J'sais pas si t'as vu la trombine du Commissaire, mais il a pas l'air d'avoir inventé l'eau chaude...
On risque de bien s'amuser ces prochains jours. Au fait, c'est quand, l'enterrement de Duvert?
T'es fou, Paul. Ils le gardent à l'Institut Médipo... euh... dico... Enfin, à la morgue, quoi.
8

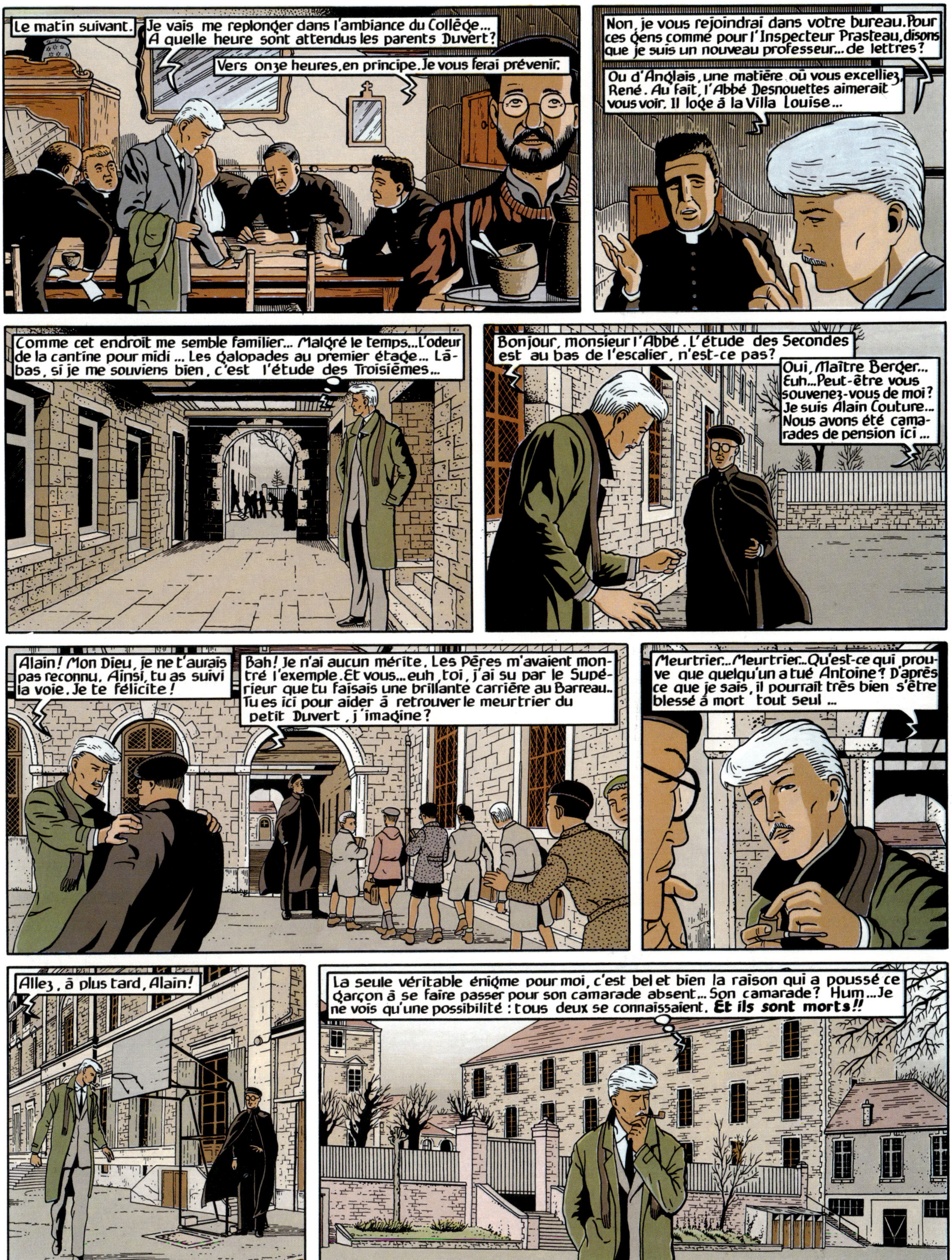
Le matin suivant.
Je vais me replonger dans l'ambiance du Collège... A quelle heure sont attendus les parents Duvert?
Vers onze heures, en principe. Je vous ferai prévenir.
Non, je vous rejoindrai dans votre bureau. Pour ces gens comme pour l'Inspecteur Prasteau, disons que je suis un nouveau professeur... de lettres?
Ou d'Anglais, une matière où vous excelliez, René. Au fait, l'Abbé Desnouettes aimerait vous voir. Il loge à la Villa Louise...
Comme cet endroit me semble familier... Malgré le temps... L'odeur de la cantine pour midi ... Les galopades au premier étage... Là-bas, si je me souviens bien, c'est l'étude des Troisièmes...
Bonjour, monsieur l'Abbé. L'étude des Secondes est au bas de l'escalier, n'est-ce pas?
Oui, Maître Berger... Euh... Peut-être vous souvenez-vous de moi? Je suis Alain Couture... Nous avons été camarades de pension ici...
Alain! Mon Dieu, je ne t'aurais pas reconnu. Ainsi, tu as suivi la voie. Je te félicite!
Bah! Je n'ai aucun mérite. Les Pères m'avaient montré l'exemple. Et vous... euh, toi, j'ai su par le Supérieur que tu faisais une brillante carrière au Barreau.. Tu es ici pour aider à retrouver le meurtrier du petit Duvert, j'imagine?
Meurtrier... Meurtrier... Qu'est-ce qui prouve que quelqu'un a tué Antoine? D'après ce que je sais, il pourrait très bien s'être blessé à mort tout seul ...
Allez, à plus tard, Alain!
La seule véritable énigme pour moi, c'est bel et bien la raison qui a poussé ce garçon à se faire passer pour son camarade absent... Son camarade? Hum... Je ne vois qu'une possibilité : tous deux se connaissaient. Et ils sont morts!!
9

Saint-Vincent, cher vieux compagnon de mes reveries d'adolescent, tu n'as pas changé, toi ... Que penses-tu de la mort de ce garçon? Etait-il venu lui aussi se confier?
CRAC...
Quoi? Qui est là?!
C'est juste moi, m'sieur. Jeff Thomas. C'est vous l'avocat? On dit que vous êtes un ancien de Saint-Vin'...
C'est vrai, Jeff. Tu as quelque chose à me dire sur Antoine Duvert? Tu le connaissais?
Pour sûr! Je suis aussi en Seconde. Je... j'voudrais vous dire, m'sieur l'avocat que ... enfin ...les copains et moi on a des soupçons... Oui, on croit savoir qui a fait le coup.
L'un de vous a été témoin de quelque chose?
Oh! non, m'sieur, on était tous au dortoir... Sauf Antoine. Mais on est tous sûrs que La Tique ...enfin, le père Lherbier, lui en voulait.
Tu sais, Jeff, que l'accusation que tu portes est très grave. Toi ou tes camarades en avez parlé à l'Inspecteur?
Non. On ne nous a pas interrogés, m'sieur. A mon avis, c'est une erreur.
Ecoutez, le mieux pour l'instant est de ne parler de cela à personne. Je suis là pour aider la Police à élucider cette affaire. Il est un peu tôt pour accuser.
Oh! Déjà onze heures. Rejoignez vos camarades, moi, je dois retourner chez le Supérieur...
Dégonflé!

Un peu plus tard.
René, je vous présente M. et Mme Duvert... Monsieur Berger, professeur de lettres...
Reconnaissez-vous ce garçon?
Non... Vraiment, Monsieur le Supérieur, je ne vois pas... Je...
Je n'ai jamais vu ce garçon... Quel besoin avait-il de se faire passer pour mon pauvre petit?... Mon Dieu!
C'est ce que l'enquête devrait parvenir à dégager, Madame. Vous m'excusez, je dois aller voir l'Abbé Desnouettes...
Maître Berger...
Oui?
Je voulais vous dire, mon petit Berger... Ces garnements de Seconde... Vous savez, ils sont indisciplinés... Tous montés contre moi... Aussi, ne prêtez pas une oreille trop attentive à leurs ragots...
Comptez sur moi, l'Abbé...
TOC
TOC
TOC
René! On m'avait dit que tu étais là... Quelle joie de te revoir après tout ce temps. How are you, lad?
Very fine, Father! Vous n'avez pas changé!
Alors, cette vilaine histoire t'inspire-t-elle déjà quelques réflexions? Cela s'est passé comme dans un de ces romans d'Ellery Queen ou d'Anthony Berkeley que je te faisais lire dans le texte, jadis...
C'est vrai, Father... Si cet adolescent était encore en vie, je trouverais la comparaison amusante...
11

J'ai eu le ... pseudo-Duvert comme élève... Il montrait des dispositions pour l'Anglais. Il l'avait déjà parlé sans doute, mais il restait secret sur sa vie. Un curieux garçon...
Mais encore? Quelqu'un doit savoir **qui** était ce garçon...
Ses compagnons sont sûrement au courant de quelque chose. L'un d'eux, au moins, a dû être son confident. tu ne penses pas?
J'en arrive à douter... Tiens! Qui voilà?... Mon ami Lulu Seguin. Un chic garçon, non?
Oui. Il rêve de devenir écrivain, c'est cela? Il parle souvent de toi avec admiration. Ta venue a dû le remplir de joie!
Ah? Ce crime vient à point nommé... Allons, je vous quitte, « homme de Dieu». Je dois parler à Lulu avant qu'il ne prenne son service à l'étude...
Un peu plus tard.
...Et voilà le résultat du travail de nos limiers! Cet inspecteur Prasteau n'y va pas par quatre chemins...
Il a tout raconté aux journalistes.
MARIE BRIZARD
TRADITION FRANÇAISE...
OUEST France
Justice et Liberté
7e ANNEE - N° 1826
JOURNAL REPUBLICAIN DU MATIN
Vendredi 9 Fevrier 1950
BRETAGNE NORMANDIE MAINE ANJOU POITOU
DIRECTEUR: Paul HUTIN-DESGREES
RENNES: 38 rue du Pré-Botté Téléphone: 36-71 à 36-79 (9 lignes)
ABONNEMENTS: 6 mois: 2.100 fr - 3 mois: 1.100 fr 1 mois: 375 fr - C.C.P. Rennes 695
• LE NUMÉRO: 15 Fr.
PARIS 114, Champs-Elysees (8e) Tel. Balzac 29-93, 29-94, 29-95
MORT MYSTERIEUSE AU PENSIONNAT ST-VINCENT DE FONTENAY-LE-COMTE (SUITE)
de notre correspondant REGIS MESSAC
ON RECHERCHE TOUS RENSEIGNEMENTS SUR CE GARÇON
FONTENAY-LE-COMTE — Après l'annonce, hier, du décès accidentel d'un adolescent agé de 16 ans, au collège St-Vincent, la Police fait état d'un nouveau mystère dans cette grave affaire.
Le jeune mort ne serait pas, comme nous l'avions précédemment annoncé, Antoine Duvert, originaire de La Rochelle, mais bel et bien un inconnu, qui se serait introduit au collège en profitant du décès du véritable Antoine
LA JEUNE DANSEUSE EST ENFIN RETROUVEE
endormie sur un banc
PARIS, 8. — La jeune danseuse Fifi Vergnault dont la disparition avait été si-

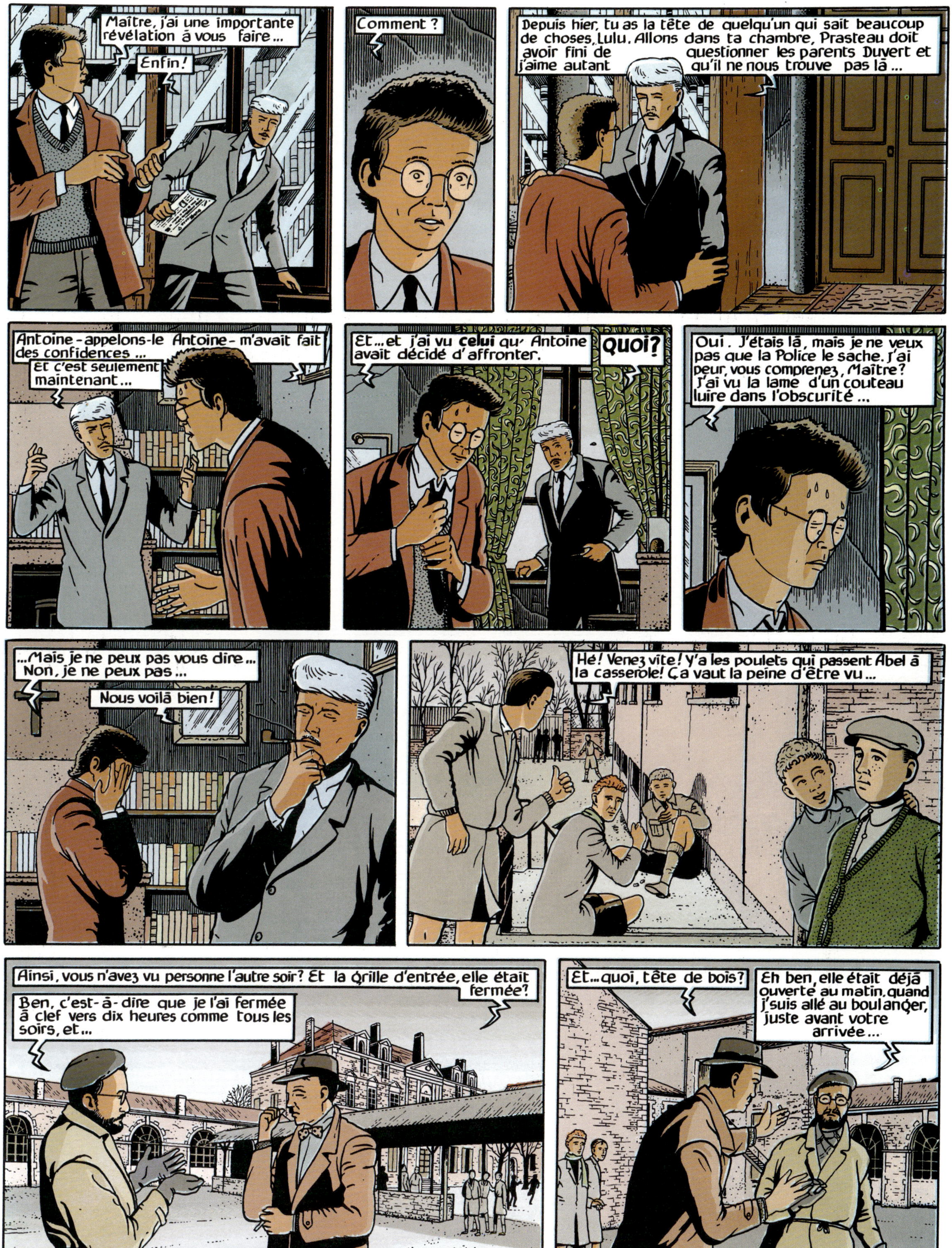
Maître, j'ai une importante révélation à vous faire...
Enfin!
Comment?
Depuis hier, tu as la tête de quelqu'un qui sait beaucoup de choses, Lulu. Allons dans ta chambre, Prasteau doit avoir fini de questionner les parents Duvert et j'aime autant qu'il ne nous trouve pas là...
Antoine - appelons-le Antoine - m'avait fait des confidences...
Et c'est seulement maintenant...
Et... et j'ai vu **celui** qu' Antoine avait décidé d'affronter.
QUOI?
Oui. J'étais là, mais je ne veux pas que la Police le sache. J'ai peur, vous comprenez, Maître? J'ai vu la lame d'un couteau luire dans l'obscurité...
...Mais je ne peux pas vous dire... Non, je ne peux pas...
Nous voilà bien!
Hé! Venez vite! Y'a les poulets qui passent Abel à la casserole! Ça vaut la peine d'être vu...
Ainsi, vous n'avez vu personne l'autre soir? Et la grille d'entrée, elle était fermée?
Ben, c'est-à-dire que je l'ai fermée à clef vers dix heures comme tous les soirs, et...
Et... quoi, tête de bois?
Eh ben, elle était déjà ouverte au matin, quand j'suis allé au boulanger, juste avant votre arrivée...

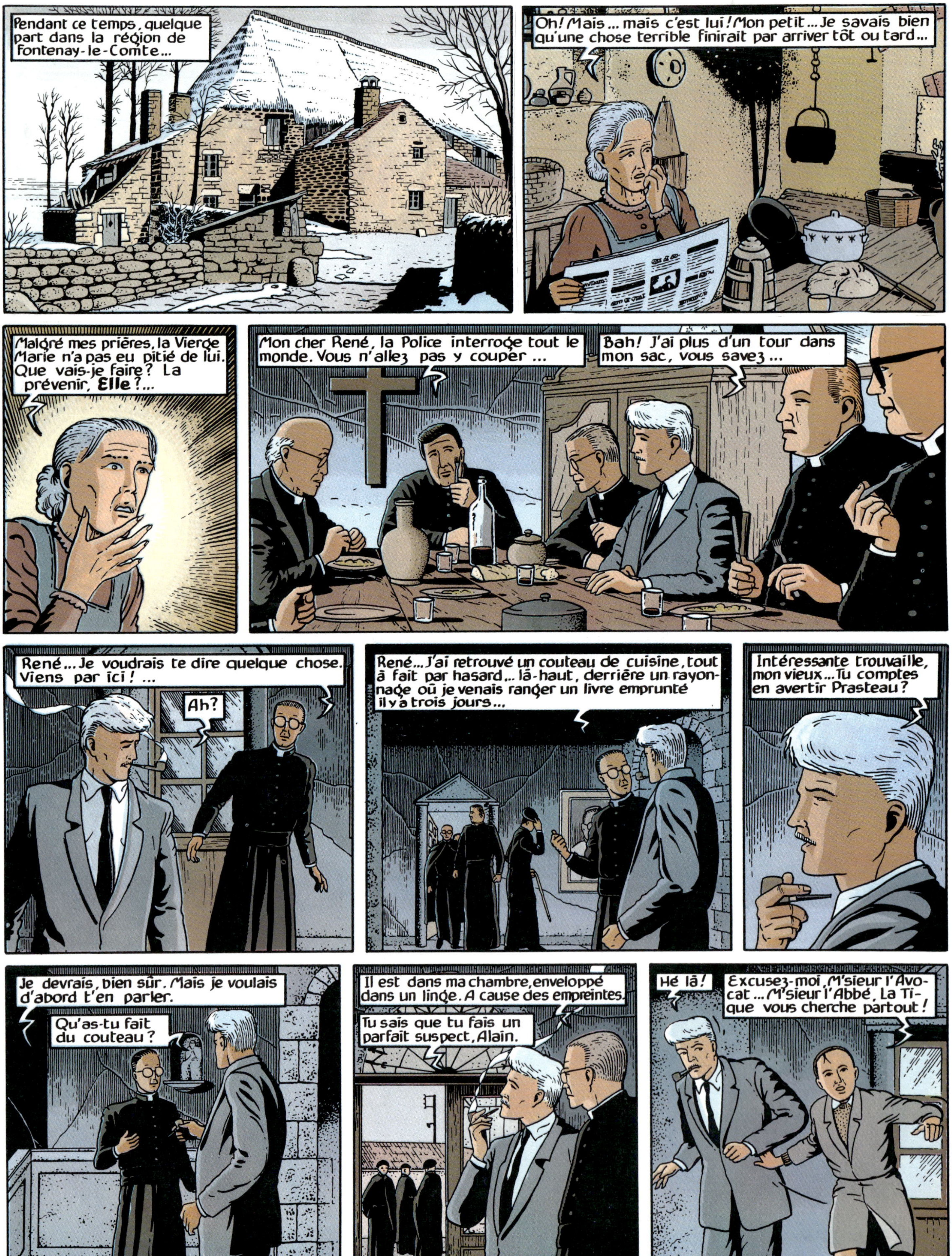

Pendant ce temps, quelque part dans la région de Fontenay-le-Comte...
Oh! Mais... mais c'est lui! Mon petit... Je savais bien qu'une chose terrible finirait par arriver tôt ou tard...
Malgré mes prières, la Vierge Marie n'a pas eu pitié de lui. Que vais-je faire? La prévenir, Elle?...
Mon cher René, la Police interroge tout le monde. Vous n'allez pas y couper...
Bah! J'ai plus d'un tour dans mon sac, vous savez...
René... Je voudrais te dire quelque chose. Viens par ici! ...
Ah?
René... J'ai retrouvé un couteau de cuisine, tout à fait par hasard... là-haut, derrière un rayonnage où je venais ranger un livre emprunté il y a trois jours...
Intéressante trouvaille, mon vieux... Tu comptes en avertir Prasteau?
Je devrais, bien sûr. Mais je voulais d'abord t'en parler.
Qu'as-tu fait du couteau?
Il est dans ma chambre, enveloppé dans un linge. A cause des empreintes.
Tu sais que tu fais un parfait suspect, Alain.
Hé là!
Excusez-moi, M'sieur l'Avocat... M'sieur l'Abbé, La Tique vous cherche partout!

Votre enquête avance, M'sieur l'Avocat? Vous savez, nous aussi on fait la nôtre... Si vous voulez, je peux vous dire que c'est La Tique qui surveillait le réfectoire, le soir... de la mort d'Antoine.
Et alors?
Eh ben, il aurait pu subtiliser le couteau...
Quel couteau? Que sais-tu de l'existence d'un couteau dans cette affaire, petit curieux?
J'ai de bonnes oreilles, vous savez... Et puis, avec Paul, on suivait l'Abbé Couture quand il a retrouvé «l'arme». On est sûrs qu'il cherche à couvrir La Tique... Il a pitié de lui...
Vous faites du roman, mes amis. A votre place, je resterais tranquille, car vous risquez, par vos accusations, de provoquer des dégâts inutiles.
Vu?
Euh... Ouais, M'sieur l'Avocat.
Oh! Et puis cesse de m'appeler ainsi, Jeff!
Ah! Monsieur Berger, je présume? Le Supérieur m'a parlé de vous... Vous rentrez de congé, n'est-ce pas?
Oui. J'habite Bordeaux et j'étais chez moi au moment où le drame est survenu...
Mm'oui... Vous ne connaissiez pas spécialement ce garçon, hein?
Non, Inspecteur. Je ne pense pas pouvoir vous être d'une grande utilité. Je suis professeur suppléant et Antoine n'était pas de mes élèves. Alors, vous savez...
Très bien. Je pense que nous nous reverrons plus tard, Monsieur Berger...
Finaud, l'Inspecteur... Mais surtout complètement déboussolé!
15

Tiens! Tiens!
Cet inspecteur a décidé de me chercher des noises, dirait-on ! Sois sur tes gardes, René...
Tu me croiras ou pas, mais je sais qu'on tient le bon bout... Roland va emporter la «lettre» et la mettre à la poste ce soir. Ils l'auront demain et alors on va bien rigoler!
Formid'! Y'aura plus qu'à peaufiner notre affaire. Tu crois que l'avocat va nous causer des ennuis?
Des ennuis? Tu parles! Avec ceux que Prasteau va lui faire, y'sera pas en mesure de pavoiser...
Un peu de silence, au fond! Thomas, laissez vos camarades travailler, je vous prie!
Ouais, M'sieur... Excusez-moi si je vous coupe l'inspiration...
Thomas, deux heures de retenue!
Pff! Pour qui y' s'prend, cet avorton à lunettes? S'il croit qu'on a pas vu qu'il écrivait un bouquin!...

POSTES
Allo? C'est toi, Janine?
Oui... Une sale affaire... L'Abbé Montensier redoute la Police... Et en l'occurrence, il a plutôt raison... J'ai eu la surprise de retrouver Lulu Seguin... Oui, de Confolens... Amusant, non? L'ennui, c'est que ce garçon et lui s'étaient liés d'amitié Oui, un bel imbroglio... Soigne-toi bien, ma jolie, je te rappellerai demain...
Je n'avais jamais remarqué à quel point Fontenay était voué à la religion ...

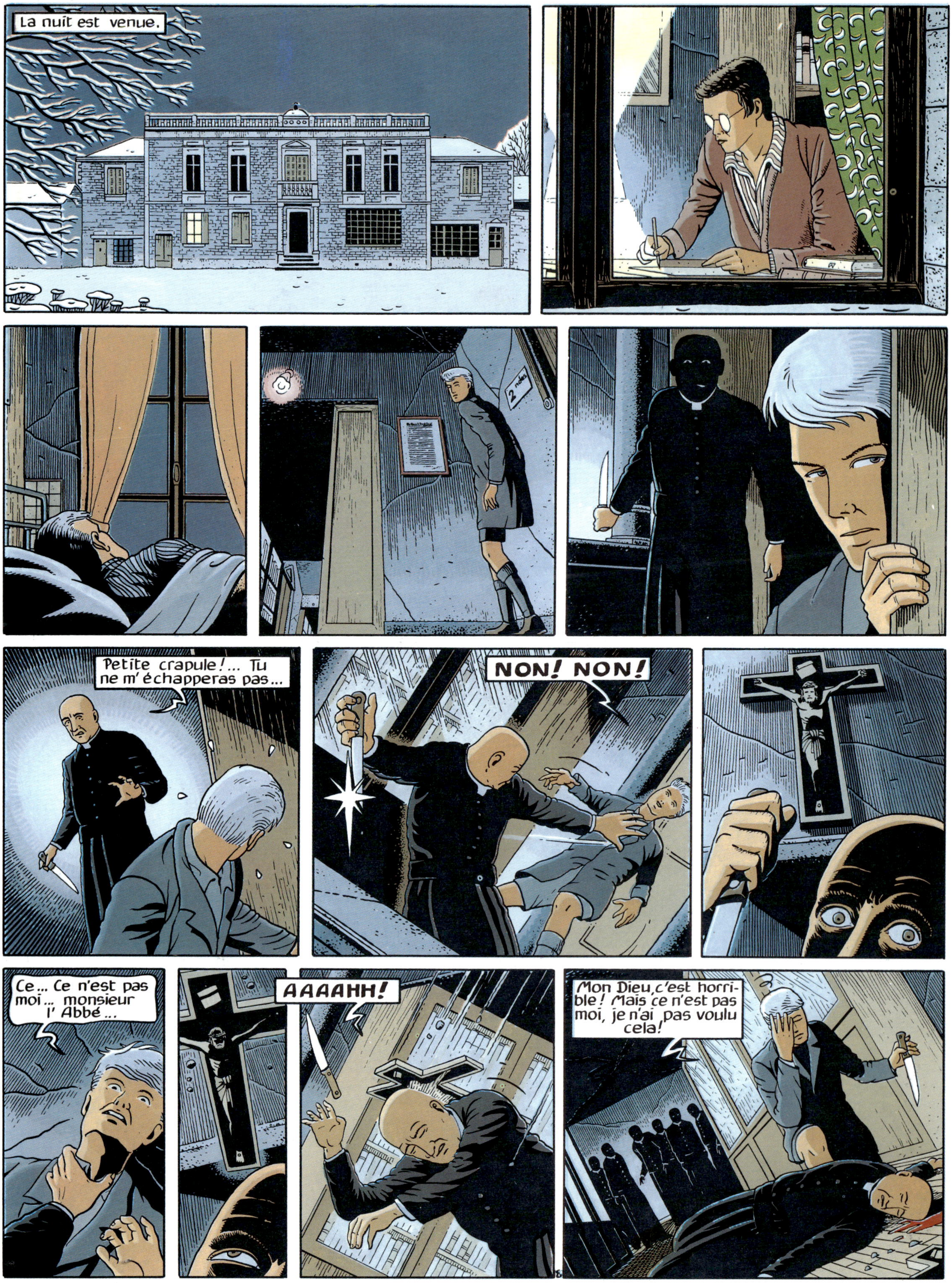
La nuit est venue.
Petite crapule!... Tu ne m'échapperas pas...
NON! NON!
Ce... Ce n'est pas moi... monsieur l'Abbé...
AAAAHH!
Mon Dieu, c'est horrible! Mais ce n'est pas moi, je n'ai pas voulu cela!

Bon sang! Quel rêve étrange...
DONG... DONG...
Seulement deux heures!
A huit heures du matin.
Allez prévenir Maître Berger que je désire lui parler au plus vite.
Bien, M'sieur l'Supérieur!
Bonjour, mon petit René. Je viens d'avoir un coup de téléphone de l'inspecteur. Il a reçu ce matin une lettre anonyme dénonçant le Père Lherbier. C'est inimaginable!
Que compte-t-il faire ?
Mais l'arrêter, pardi!
Ce policier ne manque pas de toupet! Bon. Je redeviens avocat et je vous garantis que ce Prasteau de malheur n'arrêtera personne!
Un peu plus tard.
Où est La Tique?
Il paraît qu'il reste enfermé chez lui!
Quoi? J'espère bien que les perdreaux vont venir le débusquer!
J'aimerais assister à la scène!
Un peu de calme, Thomas!
Ah! Monsieur l'Inspecteur! Je tiens à vous faire savoir que ni Maître Berger, notre avocat, ni moi ne permettrons que vous...
Pardi! Vous ne m'empêcherez tout de même pas d'interroger le Père Lherbier, non?
Ah! Et dites à votre avocat que l'on n'aime pas beaucoup les menteurs dans la Police et qu'il n'a qu'à bien se tenir.
C'est scandaleux!
Tu soupçonnes quelqu'un d'avoir pu dénoncer La Tique?
Euh... Non... Mais je trouve que cette histoire prend une tournure ignoble. Maître, j'ai l'impression qu'une terrible menace pèse encore sur Saint-Vincent!

Monsieur l'Abbé, ouvrez ! Police !
Que... que me veut-on ? Je n'ai rien à me reprocher...
Ouvrez, vous dis-je, ou je fais enfoncer la porte !
C'est bon ! C'est bon !
Alors, Monsieur l'Abbé ? Il semblerait qu'on vous en veuille, hein ?
Euh... Je ne sais pas, Inspecteur... J'ignore tout... Je... je ne suis pour rien dans cette affaire... Je n'ai pas tué ce pauvre garçon, la Vierge m'est témoin !
Bon... bon... Mais de quoi avez-vous peur, alors ?
Non... Je ne peux plus lutter... C'est terrible... Dieu m'abandonne...
Elle est là, Inspecteur. Je... Prenez-la ... Mais promettez-moi de me laisser tranquille. J'expierai bien assez comme cela ...
Nous verrons, l'Abbé, nous verrons...
Ah ! Vous voyez bien que je ne suis pas venu pour rien !
Oh ! Oh ! Mais voilà qui est fort intéressant !... Je crois qu'il va falloir nous accompagner, Môssieur Lherbier...
M. et Mme Duvent 2, quai aux fleurs
La Rochelle (Charente inf.)

...La soutane ne fait pas le prêtre, Lulu... Certains de ces hommes sont foncièrement bons, d'autres sont médiocres. Alors, à quoi bon te tourmenter?
Oui, vous devez avoir raison. Mais je n'ai pas votre expérience et la bassesse des autres me choque...
Oh! Mais, regardez: l'Inspecteur Prasteau, suivi de La Tique! On dirait bien que ...
Prasteau va sûrement commettre une erreur judiciaire... Il n'empêche que La Tique doit savoir certaines choses.
Ah! Vous croyez?
Je tiens la plus importante pièce à conviction de cette affaire, Monsieur le Supérieur. Dans l'intérêt de tous, il me semble que vous devez me laisser éloigner quelque temps de cet établissement l'Abbé Lherbier...
C'est incroyable... incroyable. Mais comment avez-vous pu, mon pauvre Lherbier?..
Bon débarras!
Ben dis donc! Quand je vais raconter ça à mes vieux...
La Tique en prison! Quelle histoire!
Allons! Un peu de tenue! Ne vous occupez plus de cela ...
L'avocat n'a pas l'air de beaucoup s'en faire pour La Tique... Lui non plus ne doit pas l'aimer. En tout cas, La Chèvre et lui sont comme cul et chemise ...
Hé!! Jeff? Ne me dis pas que ça t'a coupé l'appétit.
Fous-moi la paix. Y'a urgence. Sais-tu où est Paul?
Ah! Te voilà. Tiens-toi bien: y'a réunion générale à la chapelle. Le Supérieur va nous faire un sermon sur La Tique...

Il fallait que cela s'accomplisse un jour...
L'Enfer nous a choisis tous les trois. De cela, j'ai à présent la certitude ...
«ST-ANTOINE protège-nous, pauvres pêcheurs»
LA ROCHE S/ YON
15 OCTOBRE 1940

Vous imaginez quel effet eut, le matin suivant, la découverte du cadavre de l'Abbé Jusseaume, respectable professeur d'Histoire à l'Institution depuis huit ans...
Le Supérieur fut convoqué au commissariat et, durant toute la matinée, le bruit courut que Saint-Vincent allait être évacué...
Au réfectoire, je trouvai Lulu profondément bouleversé.
Maître... Il faut que je vous parle seul à seul... Cette mort, c'en est trop...
De nouveaux aveux, Lucien? Tu sais, cela fait plusieurs jours que je te vois tourmenté. J'ai pensé que l'arrestation de La Tique allait peut-être t'émouvoir. Mais cette fois, il faut **tout** me dire!
J'avais promis à... euh... enfin à Antoine, que je ne parlerais jamais, que s'il lui arrivait malheur, je serais muet comme une tombe. C'est votre arrivée ici qui m'a fait changer...
Certes! Mais, tout de même, ne crois-tu pas qu'il vaut mieux aider la justice?
Maintenant, oui. L'Abbé Jusseaume...
C'est avec lui qu'Antoine avait rendez-vous la nuit du 6 février, n'est-ce pas?
23
14.10.86

Bien sûr... Ce garçon s'appelait Robert et je... croyez-moi, René, si je vous dis qu'il avait terriblement besoin d'être aimé... Il n'avait jamais connu ses parents!
Mais comment l'as-tu connu, toi ?
Oh! C'est dû au hasard le plus total... Et à ma curiosité, dont j'ai honte. Mais je suis sûr que vous ne m'en voudrez pas. Début octobre, au moment de la Rentrée, la Tique était malade, alité, et en l'absence de l'infirmière, je le veillais presque jour et nuit ...
J'avoue que ce personnage m'a toujours intrigué. Je n'ai pas pu résister au désir de fouiller un peu dans ses affaires. Et je suis tombé sur la lettre ...
Oh!
Quelle lettre ?
Celle que les parents Duvert ont envoyée au Supérieur, annonçant la mort de leur pauvre garçon... La Tique l'avait interceptée... Toujours sa vieille habitude de confisquer tout ce qui passe à sa portée. Sa chambre est envahie d'objets «empruntés» aux élèves!
Aussi, lorsque Robert est arrivé à la pension ce maudit Père Lherbier, plutôt que de dénoncer la supercherie, a préféré attendre, «pour voir»...
Hmm! Diabolique, en effet... Mais ce n'était pas la première fois. Et comment es-tu entré dans le «cercle»?
J'avoue avoir été tout de suite intrigué par le comportement mystérieux de Robert. Il ne cherchait pas à s'intégrer au groupe. Il cherchait **autre chose**. Et j'ai eu la chance de devenir son confident...
Robert s'était introduit frauduleusement à Saint-Vincent dans un but très précis. **Il recherchait son père!**
Ah! Ah! Voici qui est en effet très précis!
Il était très entêté. Je compris à demi-mot qu'il désirait mettre à l'épreuve l'un des prêtres de la communauté...

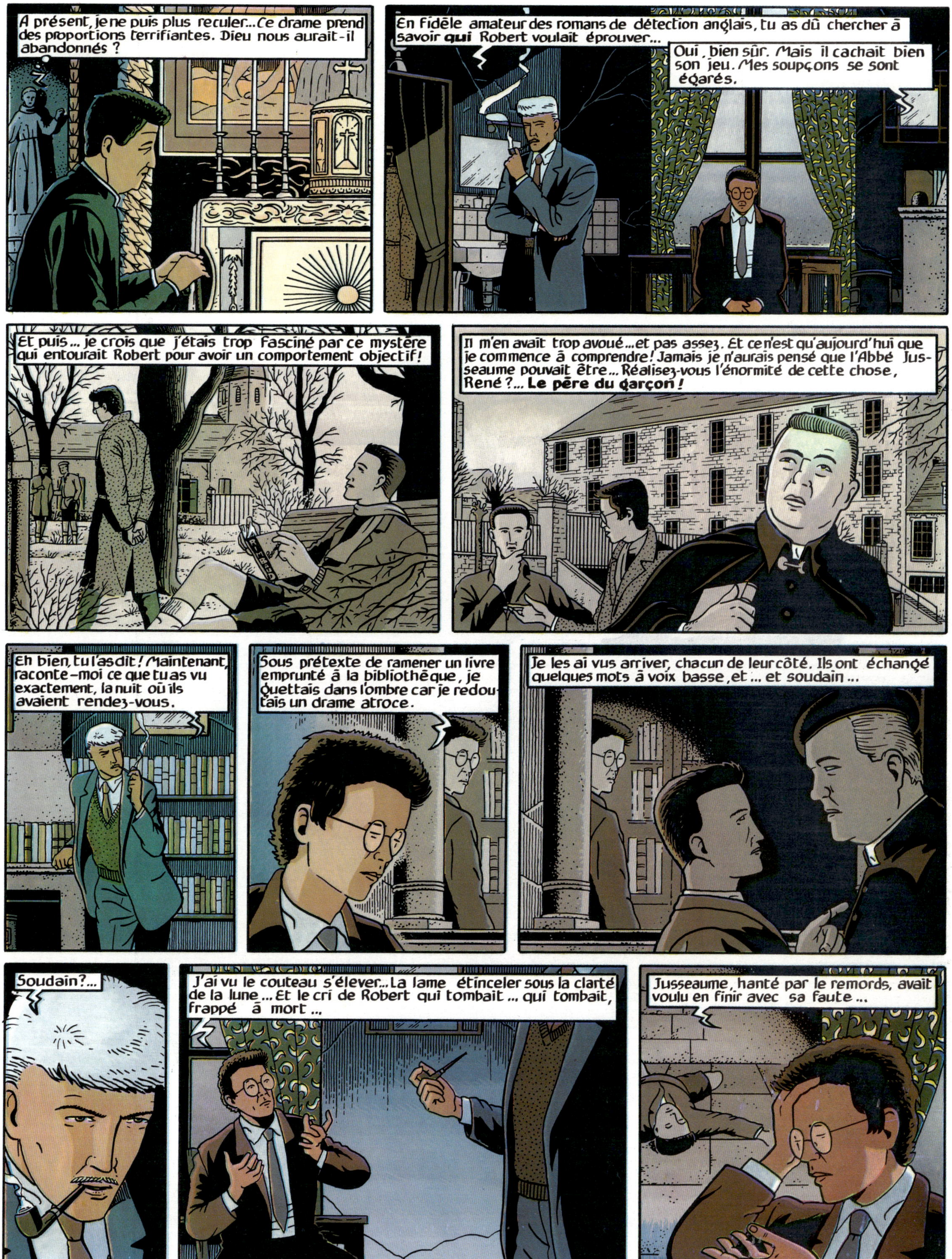
A présent, je ne puis plus reculer... Ce drame prend des proportions terrifiantes. Dieu nous aurait-il abandonnés ?
En fidèle amateur des romans de détection anglais, tu as dû chercher à savoir **qui** Robert voulait éprouver...
Oui, bien sûr. Mais il cachait bien son jeu. Mes soupçons se sont égarés.
Et puis... je crois que j'étais trop fasciné par ce mystère qui entourait Robert pour avoir un comportement objectif!
Il m'en avait trop avoué... et pas assez. Et ce n'est qu'aujourd'hui que je commence à comprendre! Jamais je n'aurais pensé que l'Abbé Jusseaume pouvait être... Réalisez-vous l'énormité de cette chose, René?... **Le père du garçon!**
Eh bien, tu l'as dit! Maintenant, raconte-moi ce que tu as vu exactement, la nuit où ils avaient rendez-vous.
Sous prétexte de ramener un livre emprunté à la bibliothèque, je guettais dans l'ombre car je redoutais un drame atroce.
Je les ai vus arriver, chacun de leur côté. Ils ont échangé quelques mots à voix basse, et... et soudain...
Soudain?...
J'ai vu le couteau s'élever... La lame étinceler sous la clarté de la lune... Et le cri de Robert qui tombait... qui tombait, frappé à mort...
Jusseaume, hanté par le remords, avait voulu en finir avec sa faute...

Il faudrait en savoir davantage sur ce malheureux garçon... Ce qui le poussait à agir... Mais j'ai confiance. Il doit bien y avoir **quelqu'un**...
Il est déjà cinq heures... Je vais me dégourdir les jambes...
Cinq heures! J'ai l'étude des Secondes à la demie...
Cette grille, ouverte la nuit du premier crime, a décidément aiguillé cet âne bâté de Prasteau sur une piste insensée. Tant pis pour lui!
Bizarre. J'ai l'impression d'être suivi...
Je divague. Cette brave dame a l'air inoffensive...
Monsieur! Monsieur! Il faut que je vous parle!
Quoi?! Qui êtes-vous, Madame?
Monsieur... Vous êtes l'avocat dont parle le journal, n'est-ce pas?
Euh, oui... Mais qu'avez-vous?
Oh! Je vous en supplie... Ecoutez-moi. Je voudrais vous parler de mon pauvre petit garçon... Celui qu'on a tué à Saint-Vincent.
Bon Dieu!... Vous voulez dire que vous seriez...

Oh! Non... Je ne suis pas la mère de Robert. Seulement sa nourrice... Je m' appelle Rose Coutard et je viens de Vouvant pour vous rencontrer... Cela fait des jours que je me ronge les sangs... Vous seul pouvez m'aider... Vous m'aiderez, n'est-ce pas?
Venez, nous allons discuter de tout cela au Café...
Etes-vous rassurée?
Euh... Oui, Maître... Mais tous ces gens, cette atmosphère, ne me valent rien. Je pense qu'il serait mieux que vous veniez chez nous, à Vouvant...
Entendu, Madame Coutard. Je vais chercher mon auto à Saint-Vincent et je vous accompagne.
Une heure plus tard.
AUBERGE du Lac
La neige se remet à tomber...
Le plus dur est encore à venir... Tournez à gauche après le gros chêne, Maître!
chez COUTARD
27

Tout s'est bien passé pendant mon absence, Artémise?
Oui, maman Rose. J'ai couché les petits et gardé la soupe au chaud...
Entrez, Maître... A la bonne heure, il fait bon ici... Bertrand, tu pourrais dire bonsoir,.. Quel sauvage, ce garçon!
C'est du chou avec un peu de lard... Vous m'en direz des nouvelles, Maître!...
Je me sens tout rasséréné, chère Madame. A présent, je vous écoute. Qu'avez-vous à me dire, à propos de Robert, que vous ne tenez pas à faire connaître à l'Inspecteur Prasteau?
Je sais tant de choses, Maître! Le pauvre garçon m'avait été confié peu après sa naissance. Mon mari était encore en vie alors et il fut l'un de nos premiers «fils adoptifs». ... Lui et Antoine...
Antoine?
Eh bien oui, le malheureux petit Duvert. Ses parents l'avaient repris avec eux à La Rochelle à la fin de la guerre... Il est mort l'été dernier d'une méningite. Ce que nous l'aimions aussi, ce petiot-là!
Robert et Antoine ont donc été élevés **ensemble** ici par vous-même! Mais, c'est une révélation capitale, Madame Coutard!!
Je n'allais tout de même pas raconter ça à ce policier de Fontenay!
Vous ne manquez pas d'aplomb, Rose -vous permettez que je vous appelle ainsi?- et j'attends d'autres révélations, à présent que me voici votre complice!
Nous n'avons jamais su qui étaient les vrais parents de Robert. C'est un mystère. Mon mari disait toujours que ce n'était pas la peine de chercher à savoir...

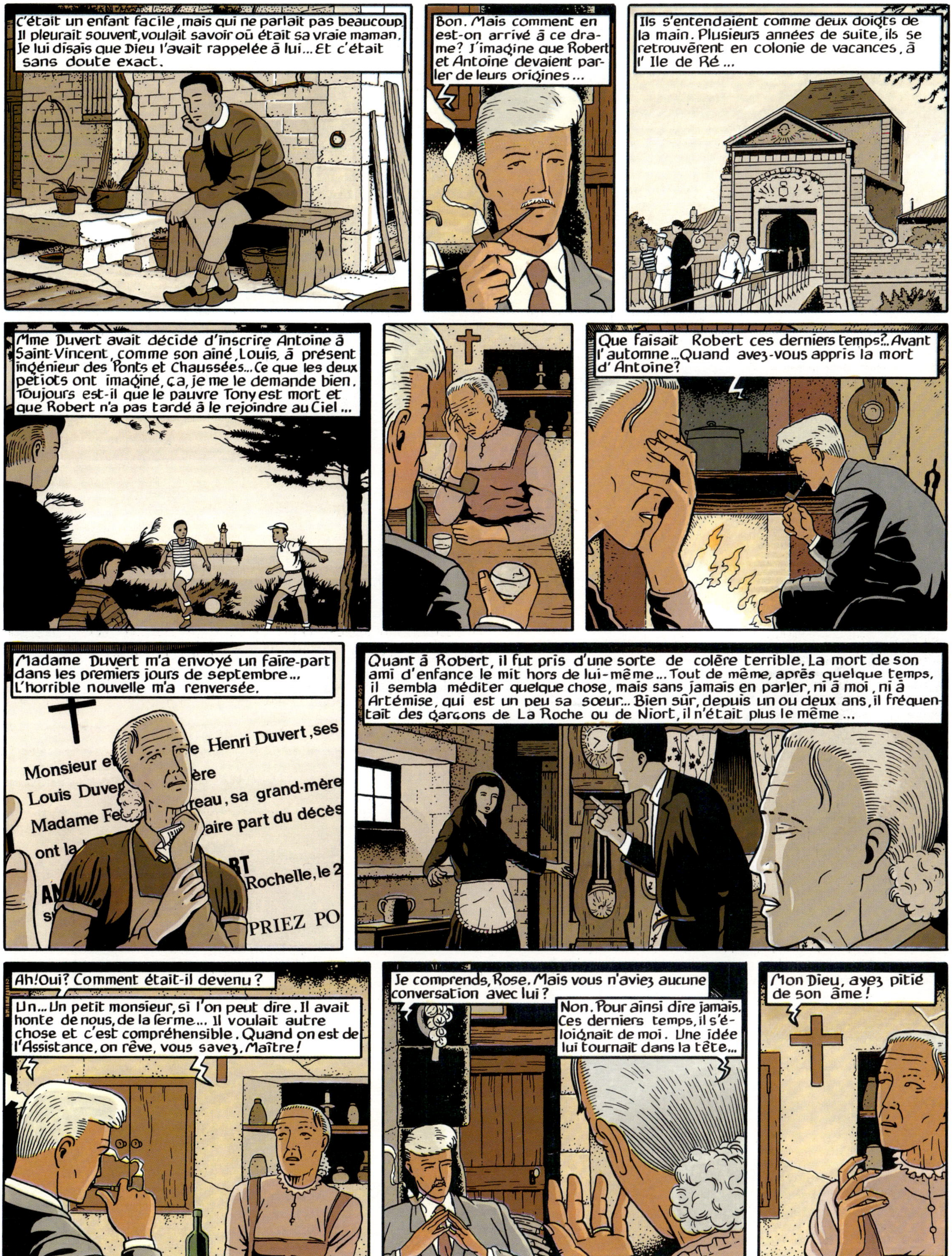

C'était un enfant facile, mais qui ne parlait pas beaucoup. Il pleurait souvent, voulait savoir où était sa vraie maman. Je lui disais que Dieu l'avait rappelée à lui... Et c'était sans doute exact.
Bon. Mais comment en est-on arrivé à ce drame? J'imagine que Robert et Antoine devaient parler de leurs origines...
Ils s'entendaient comme deux doigts de la main. Plusieurs années de suite, ils se retrouvèrent en colonie de vacances, à l' Ile de Ré ...
Mme Duvert avait décidé d'inscrire Antoine à Saint-Vincent, comme son aîné, Louis, à présent ingénieur des Ponts et Chaussées... Ce que les deux petiots ont imaginé, ça, je me le demande bien. Toujours est-il que le pauvre Tony est mort et que Robert n'a pas tardé à le rejoindre au Ciel...
Que faisait Robert ces derniers temps?.. Avant l'automne... Quand avez-vous appris la mort d'Antoine?
Madame Duvert m'a envoyé un faire-part dans les premiers jours de septembre... L'horrible nouvelle m'a renversée.
Monsieur e
Louis Duve
Madame Fe
ont la
e Henri Duvert, ses
ère
eau, sa grand-mère
aire part du décès
Rochelle, le 2
PRIEZ PO
Quant à Robert, il fut pris d'une sorte de colère terrible. La mort de son ami d'enfance le mit hors de lui-même... Tout de même, après quelque temps, il sembla méditer quelque chose, mais sans jamais en parler, ni à moi, ni à Artémise, qui est un peu sa soeur... Bien sûr, depuis un ou deux ans, il fréquentait des garçons de La Roche ou de Niort, il n'était plus le même...
Ah! Oui? Comment était-il devenu?
Un... Un petit monsieur, si l'on peut dire. Il avait honte de nous, de la ferme... Il voulait autre chose et c'est compréhensible. Quand on est de l'Assistance, on rêve, vous savez, Maître!
Je comprends, Rose. Mais vous n'aviez aucune conversation avec lui?
Non. Pour ainsi dire jamais. Ces derniers temps, il s'éloignait de moi. Une idée lui tournait dans la tête...
Mon Dieu, ayez pitié de son âme!

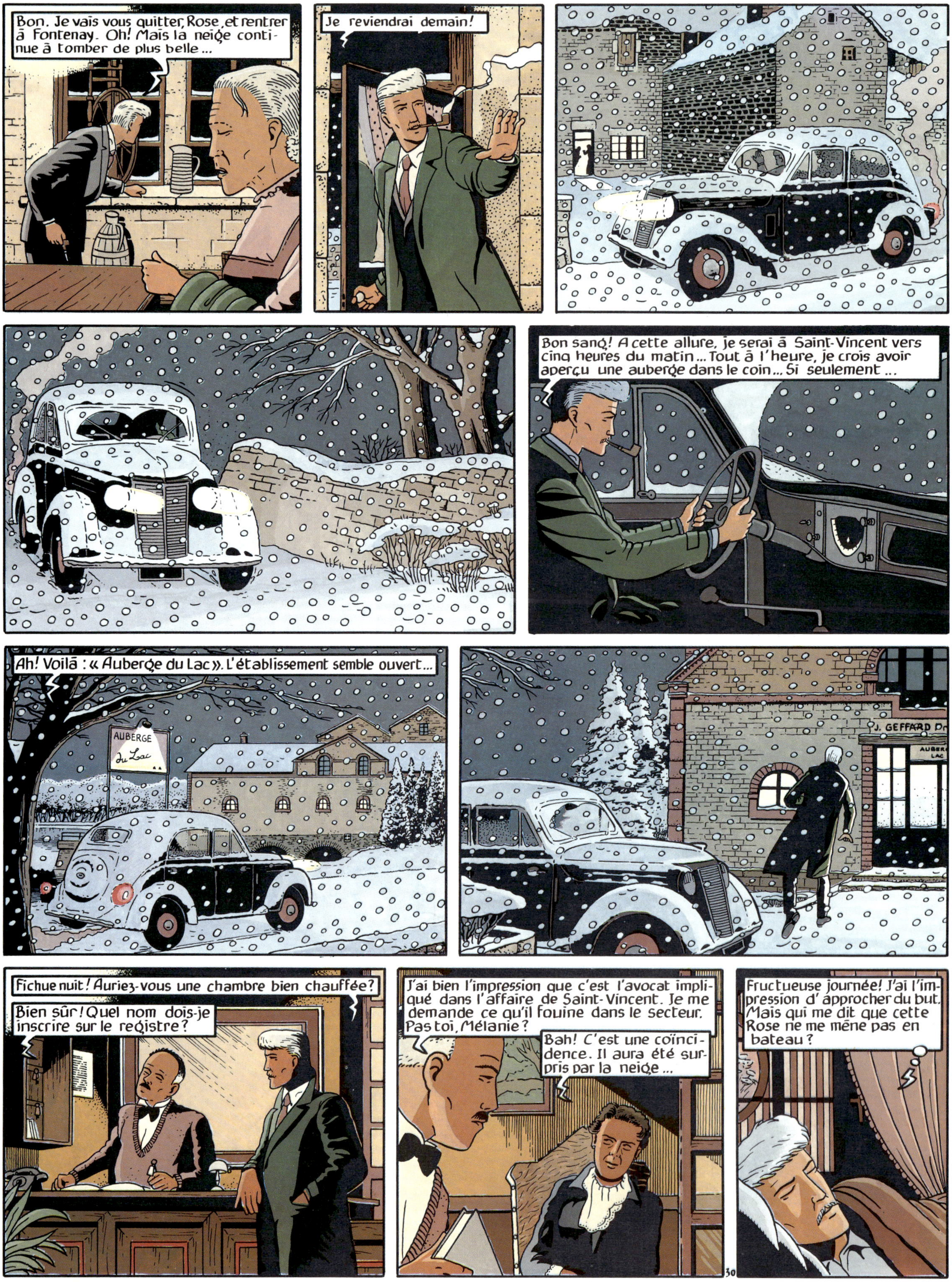

Bon. Je vais vous quitter, Rose, et rentrer à Fontenay. Oh! Mais la neige continue à tomber de plus belle...
Je reviendrai demain!
Bon sang! A cette allure, je serai à Saint-Vincent vers cinq heures du matin... Tout à l'heure, je crois avoir aperçu une auberge dans le coin... Si seulement...
Ah! Voilà : « Auberge du Lac ». L'établissement semble ouvert...
AUBERGE du Lac
J. GEFFARD
AUBERGE LAC
Fichue nuit! Auriez-vous une chambre bien chauffée?
Bien sûr! Quel nom dois-je inscrire sur le registre?
J'ai bien l'impression que c'est l'avocat impliqué dans l'affaire de Saint-Vincent. Je me demande ce qu'il fouine dans le secteur. Pas toi, Mélanie?
Bah! C'est une coïncidence. Il aura été surpris par la neige...
Fructueuse journée! J'ai l'impression d'approcher du but. Mais qui me dit que cette Rose ne me mène pas en bateau?
30

Le lendemain matin.
Direction Saint-Vincent! Je vais récupérer mes bagages, avoir une conversation avec le Supérieur et revenir m'installer à l'auberge...
Prasteau est encore là! Ça m'aurait étonné...
Bonjour, Abel! Suis-moi, je vais te donner un mot à remettre à Lucien Seguin... Mais, pour les autres, tu ne m'as pas vu, hein?
Oui, oui, M'sieur le... Maître!
Tout de même, j'aurais peut-être dû interroger quelques-uns des condisciples de Robert. Qui sait si certains ne sont pas en possession d'indices importants? Je me demande si le Supérieur ne leur a pas donné pour consigne de se taire...
Maintenant, il s'agit de filer sans me faire repérer...
...La science médico-légale a parlé, Monsieur le Supérieur, que vous le vouliez ou non! L'autopsie de l'Abbé Jusseaume révèle qu'il portait déjà la trace d'une agression au couteau vieille de plusieurs jours!
Quoi? Que dites-vous, Inspecteur?
Vous comprenez bien que dans ces conditions, mon enquête s'oriente vers l'existence d'un dangereux maniaque à l'intérieur de cet établissement. L'Abbé Lherbier sait encore pas mal de choses qu'il refuse de me dire... Mais je suis obstiné, croyez-moi... Sur ce, je m'en vais...
Obstiné, ça oui... Etrange découverte que cette blessure...
Quoi?! Vous étiez là...
Oui... J'ai tout entendu... Vous n'avez pas donné l'impression d'être surpris par ce que Prasteau vient de vous révéler... Plutôt terrifié. Qui couvrez-vous, Monsieur le Supérieur?
Couvrir quelqu'un, moi? Voyons, René, vous déraisonnez...
Oh! Je...
31

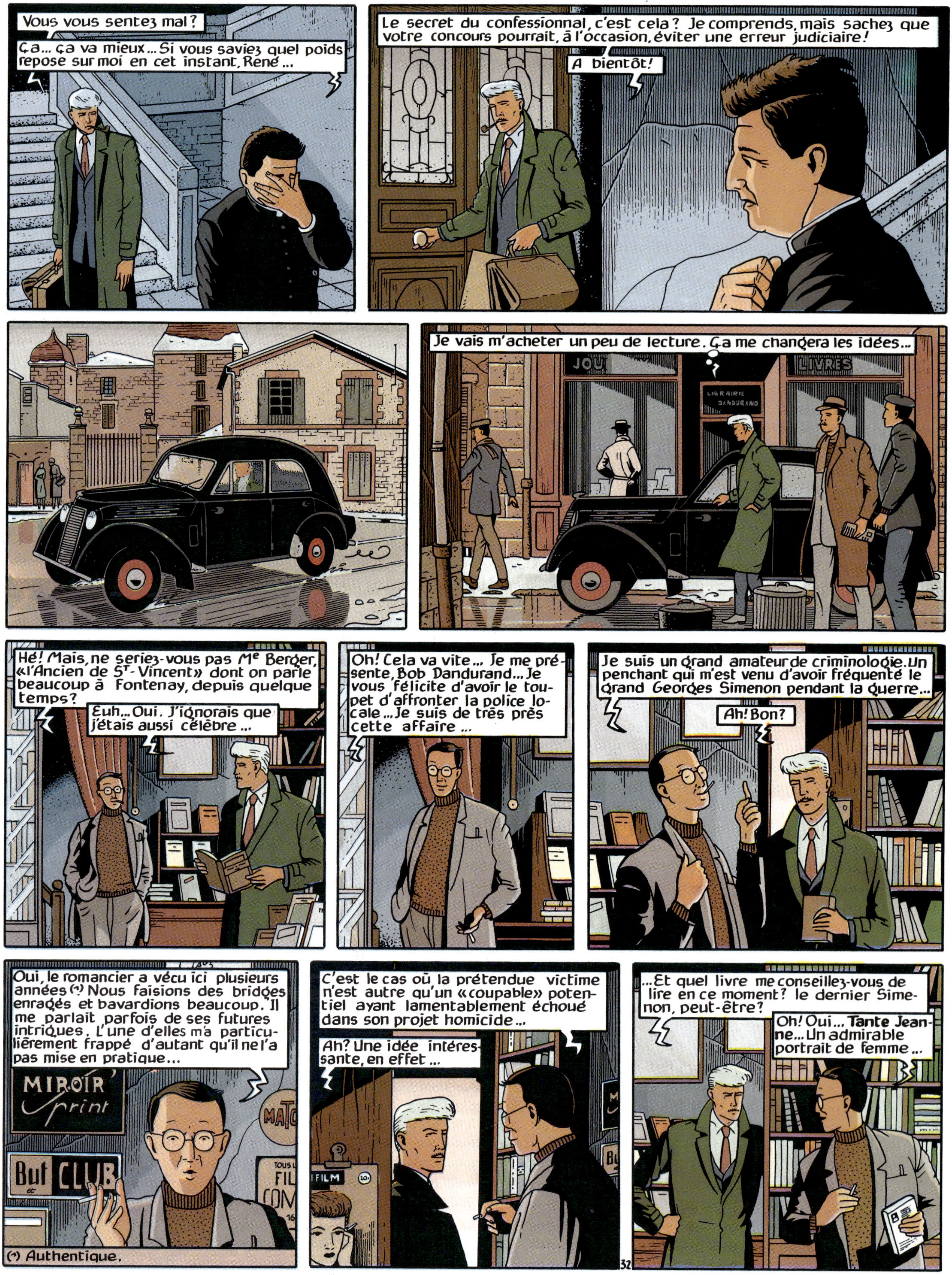

(*) Authentique.

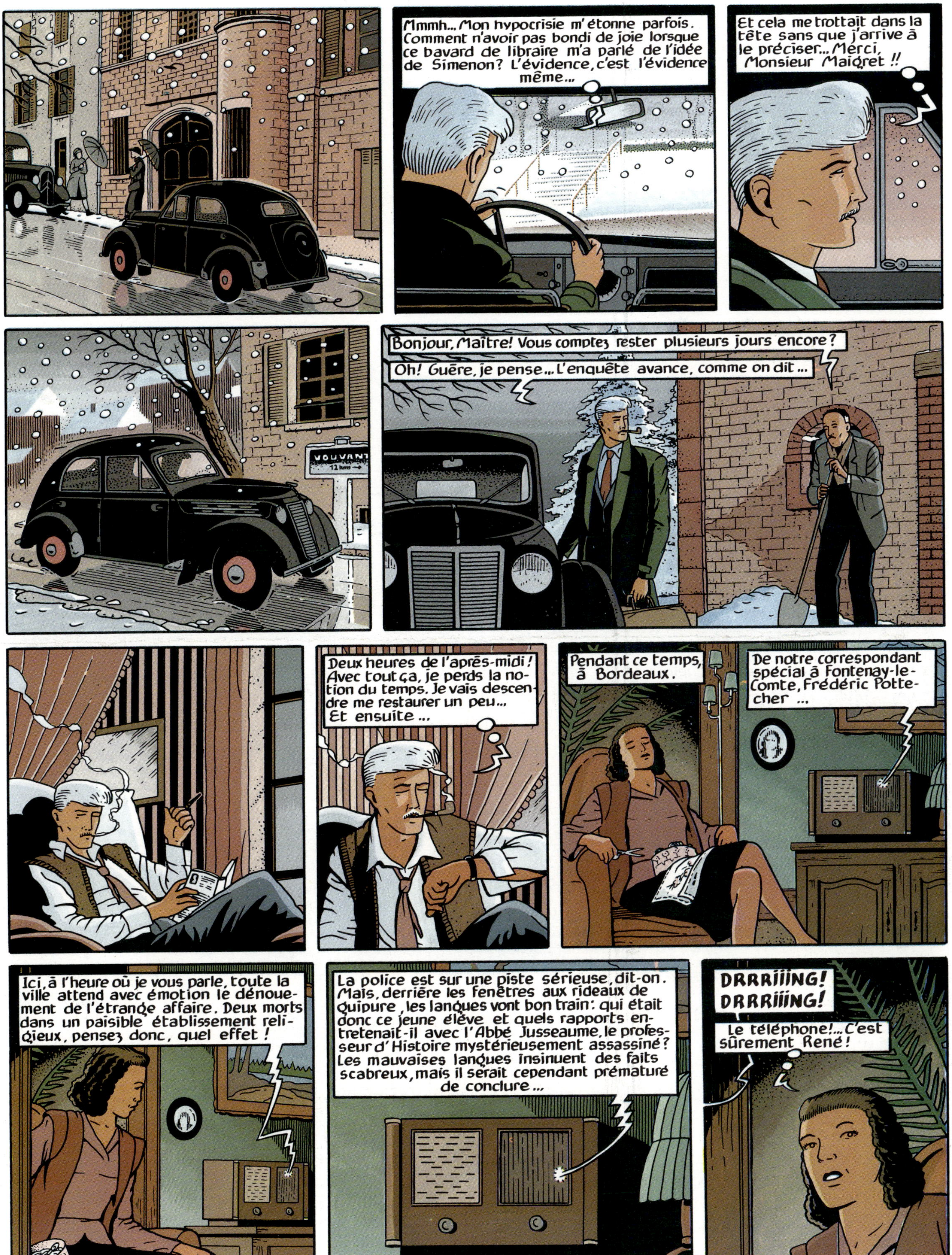
Mmmh... Mon hypocrisie m'étonne parfois. Comment n'avoir pas bondi de joie lorsque ce bavard de libraire m'a parlé de l'idée de Simenon? L'évidence, c'est l'évidence même...
Et cela me trottait dans la tête sans que j'arrive à le préciser... Merci, Monsieur Maigret !!
VOUVANT 12 kms
Bonjour, Maître! Vous comptez rester plusieurs jours encore?
Oh! Guère, je pense... L'enquête avance, comme on dit...
Deux heures de l'après-midi! Avec tout ça, je perds la notion du temps. Je vais descendre me restaurer un peu... Et ensuite...
Pendant ce temps, à Bordeaux.
De notre correspondant spécial à Fontenay-le-Comte, Frédéric Pottecher ...
Ici, à l'heure où je vous parle, toute la ville attend avec émotion le dénouement de l'étrange affaire. Deux morts dans un paisible établissement religieux, pensez donc, quel effet !
La police est sur une piste sérieuse, dit-on. Mais, derrière les fenêtres aux rideaux de guipure, les langues vont bon train: qui était donc ce jeune élève et quels rapports entretenait-il avec l'Abbé Jusseaume, le professeur d'Histoire mystérieusement assassiné? Les mauvaises langues insinuent des faits scabreux, mais il serait cependant prématuré de conclure...
DRRRIIING! DRRRIIING!
Le téléphone!... C'est sûrement René!

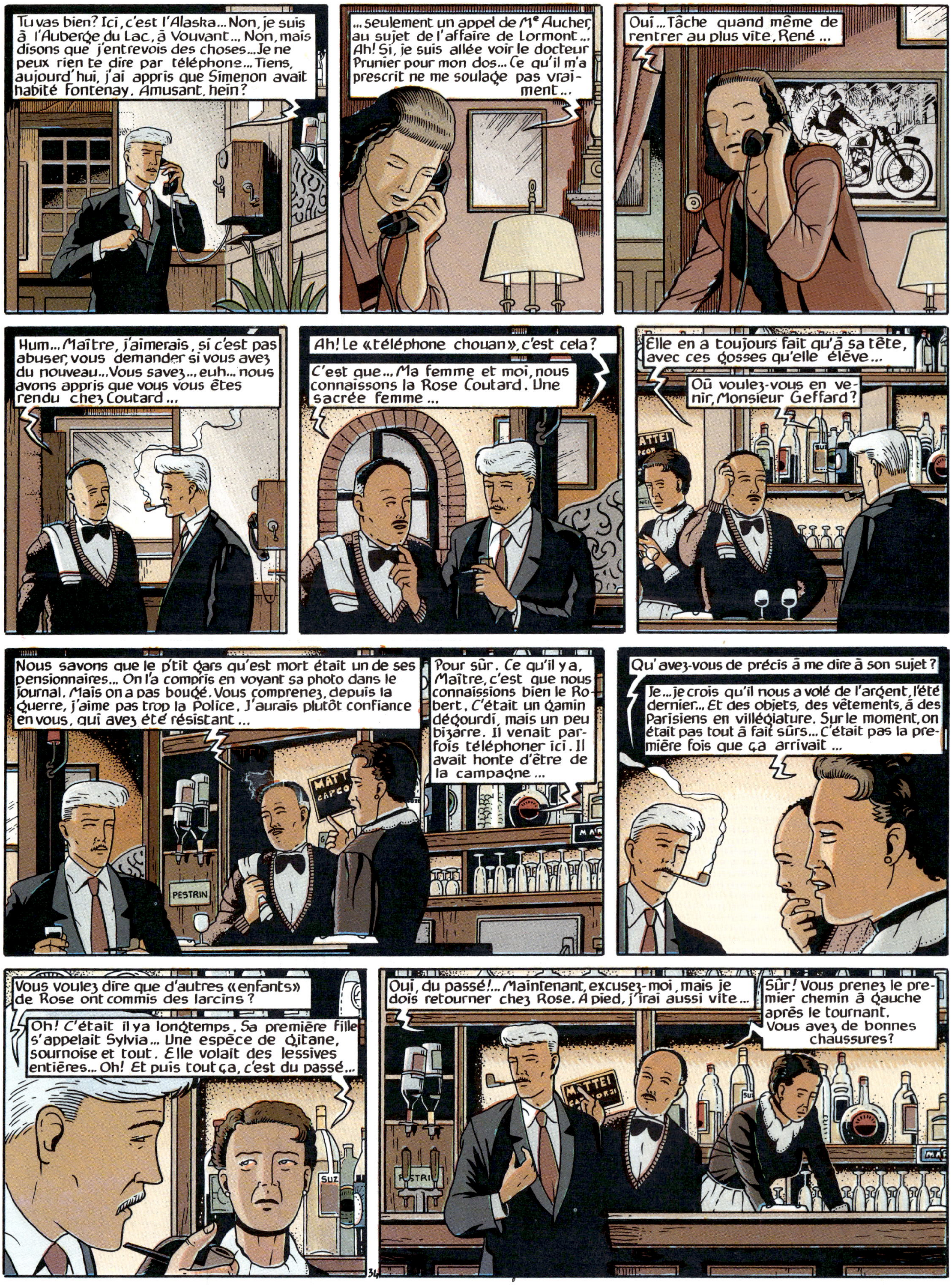
Tu vas bien? Ici, c'est l'Alaska... Non, je suis à l'Auberge du Lac, à Vouvant... Non, mais disons que j'entrevois des choses... Je ne peux rien te dire par téléphone... Tiens, aujourd'hui, j'ai appris que Simenon avait habité Fontenay. Amusant, hein?
...seulement un appel de Me Aucher, au sujet de l'affaire de Lormont... Ah! Si, je suis allée voir le docteur Prunier pour mon dos... Ce qu'il m'a prescrit ne me soulage pas vraiment...
Oui... Tâche quand même de rentrer au plus vite, René...
Hum... Maître, j'aimerais, si c'est pas abuser, vous demander si vous avez du nouveau... Vous savez... euh... nous avons appris que vous vous êtes rendu chez Coutard...
Ah! Le «téléphone chouan», c'est cela?
C'est que... Ma femme et moi, nous connaissons la Rose Coutard. Une sacrée femme...
Elle en a toujours fait qu'à sa tête, avec ces gosses qu'elle élève...
Où voulez-vous en venir, Monsieur Geffard?
Nous savons que le p'tit gars qu'est mort était un de ses pensionnaires... On l'a compris en voyant sa photo dans le journal. Mais on a pas bougé. Vous comprenez, depuis la guerre, j'aime pas trop la Police. J'aurais plutôt confiance en vous, qui avez été résistant...
Pour sûr. Ce qu'il y a, Maître, c'est que nous connaissions bien le Robert. C'était un gamin dégourdi, mais un peu bizarre. Il venait parfois téléphoner ici. Il avait honte d'être de la campagne...
Qu'avez-vous de précis à me dire à son sujet?
Je... je crois qu'il nous a volé de l'argent, l'été dernier... Et des objets, des vêtements, à des Parisiens en villégiature. Sur le moment, on était pas tout à fait sûrs... C'était pas la première fois que ça arrivait...
Vous voulez dire que d'autres «enfants» de Rose ont commis des larcins?
Oh! C'était il y a longtemps. Sa première fille s'appelait Sylvia... Une espèce de gitane, sournoise et tout. Elle volait des lessives entières... Oh! Et puis tout ça, c'est du passé...
Oui, du passé!... Maintenant, excusez-moi, mais je dois retourner chez Rose. A pied, j'irai aussi vite...
Sûr! Vous prenez le premier chemin à gauche après le tournant. Vous avez de bonnes chaussures?

Au même instant...
L'enquête du Notaire avançait rapidement, à présent. Ses doutes concernant la paternité d'Armand Lenoir avaient fondu comme neige au soleil. Il résolut de retourner au hameau, après
part du Commissaire
Di Mona et de
avec Mme d'Argens.
Bonjour, Artémise... Ta... maman est-elle ici ?
Oui, M'sieur. Elle est dans sa chambre. Je vais la prévenir.
Je n'irai pas par quatre chemins, Rose. Je viens d'avoir une petite conversation avec les Geffard, à l'auberge. Ils m'ont parlé de votre première «pensionnaire», une certaine Sylvia. Pourriez-vous m'en dire un mot ?
Euh... Tout cela est déjà si lointain... Mais pourquoi ces gens vous ont-ils parlé d'elle ?
En vérité, ils m'ont d'abord dit ce qu'ils savaient de Robert. Un peu chapardeur, pas vrai ?
Ce n'était pas un saint. Mais quelles langues de vipères, ces Geffard !
Oubliez-les. Dans une affaire comme celle dont je m'occupe, plus on en sait, mieux ça vaut. ... Alors, cette Sylvia ?
Eh bien, c'était la fille d'une famille hongroise, exilée depuis la fin du siècle, non loin de Niort. Je n'ai vu la mère de Sylvia qu'une fois, très brièvement. C'était en 1915. Je crois que je n'ai même jamais su son nom...
Et vous l'avez gardée longtemps auprès de vous ? Où est-elle, à présent ?
Lorsqu'elle a eu dix-huit ans, nous lui avons trouvé une place chez les Soeurs de Jeanne d'Arc, à Fontenay...
C'était la mère de Robert, n'est-ce pas ?
35

Qu'est-ce qu'elle a?
Ça lui passera! De vieux souvenirs qui lui reviennent. Va t'occuper du ménage, Artémise...
Comment pouvez-vous être aussi sûr de vous, Maître? Quelqu'un d'autre aurait-il déjà parlé? ... En ville?
Rassurez-vous. C'était une simple hypothèse. Mais je constate que j'ai touché juste. Pourquoi ne m'avoir pas fait davantage confiance, Rose? Vous aviez pourtant fait le premier pas...
Il faut que je vous montre des papiers. Sylvia m'a laissé en partant un cahier dans lequel elle consignait tout...
Quand a-t-elle pris son service auprès des religieuses? S'y trouve-t-elle toujours?
C'était juste à la Déclaration de la Guerre... En août ou septembre 39... Depuis, je ne l'ai plus jamais vue... Vous savez, les servantes vont d'une maison à l'autre... Elle est certainement encore en Vendée...
Oui... Et j'ai même l'impression qu'elle n'est pas si loin que cela...
Que voulez-vous insinuer, Maître?
Sylvia Coutard
Eh bien! Voilà de la lecture pour ce soir. Si vous nous faisiez un peu de café, Rose? Je suis transi jusqu'aux os!...
36

Tard dans la nuit, dans ma chambre à l'Auberge du Lac, je lus les confidences de Sylvia.
La solitude campagnarde semblait lui peser beaucoup et Rose Coutard ne lui prodiguait pas que des sentiments maternels...
A la date du 15 juin 36, elle commence à évoquer de fréquents déplacements à Fontenay où elle joue une curieuse partie de cache-cache avec un individu qu'elle nomme **Lui**...
Ce **Lui** est à ses yeux chargé de tous les péchés du monde et c'est pour cela que, dit-elle, elle a décidé de l'aimer...
Décidément, cette fille était prédestinée à devenir la servante du Seigneur! Mais auparavant, il s'était passé quelque chose. Robert était né ...Et elle n'en parle jamais dans ce cahier, ce qui semble extraordinaire.
Ah! Tout de même: En janvier 38, elle parle du petit, mais sans véritable affection. C'est Rose qui veille sur lui, comme elle a veillé sur la mère de l'enfant. Quelle étrange manière de rendre compte des progrès de son propre enfant...
Elle est tout le temps après lui. Je ne compte pas pour elle. Il me tarde de retourner à Niort pour lui échapper. Dès qu'il me voit il pleure. J'aurais aimé qu'il meure et moi avec lui. La mort, la mort. On irait au ciel...
Son style est celui d'une fille inculte, terriblement névrosée... Elle devait ourdir d'étranges projets. Mais que pensait-elle du père de Robert ?
Voyons plus loin...
Ah! Enfin!
Il a voulu me parler... Maintenant il est professeur dans un collège de la ville... Il leur apprend l'Histoire de France et la Géographie, à tous ces garçons qui ne pensent déjà qu'à faire des bêtises...

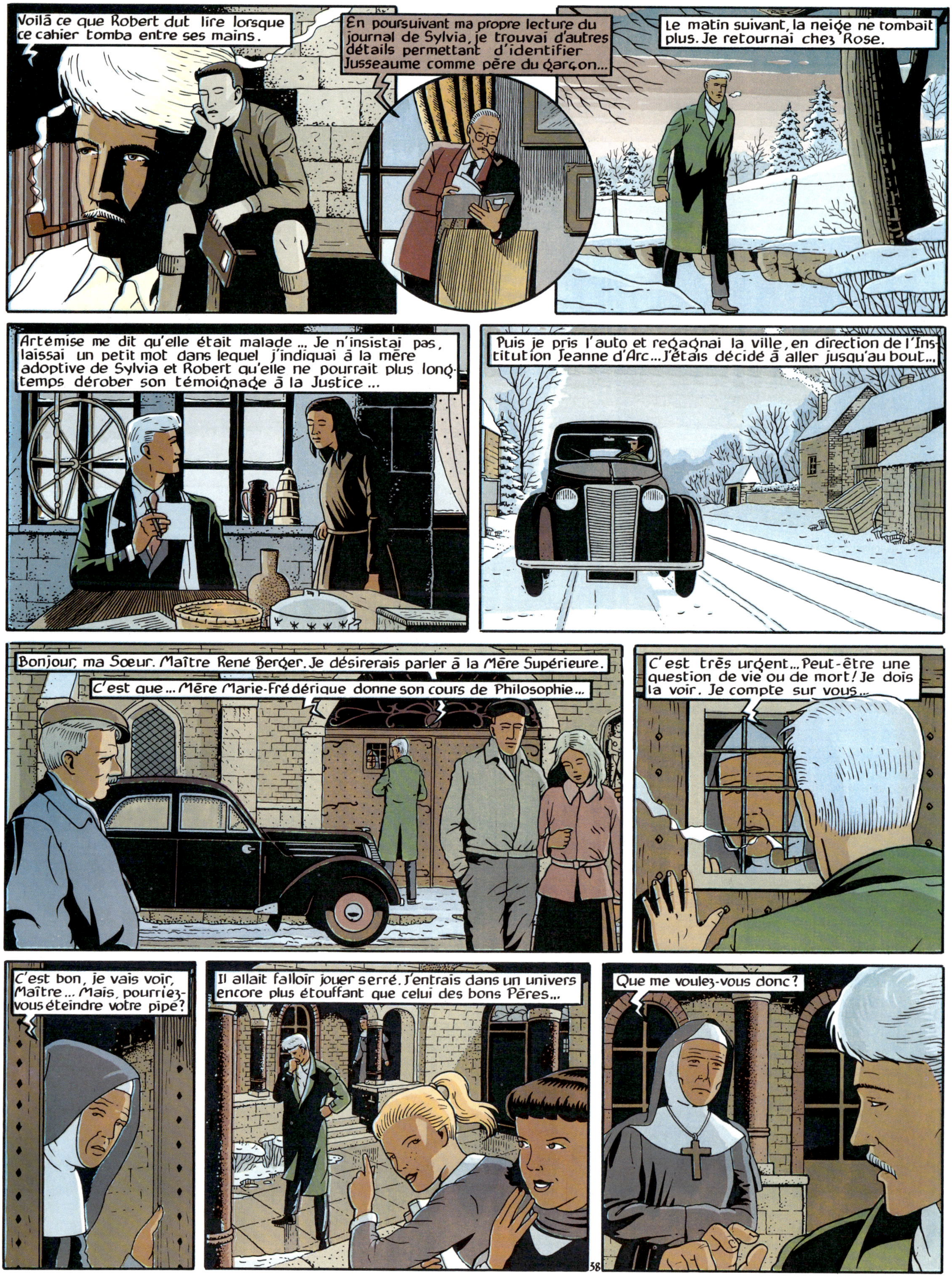
Voilà ce que Robert dut lire lorsque ce cahier tomba entre ses mains.
En poursuivant ma propre lecture du journal de Sylvia, je trouvai d'autres détails permettant d'identifier Jusseaume comme père du garçon...
Le matin suivant, la neige ne tombait plus. Je retournai chez Rose.
Artémise me dit qu'elle était malade... Je n'insistai pas, laissai un petit mot dans lequel j'indiquai à la mère adoptive de Sylvia et Robert qu'elle ne pourrait plus longtemps dérober son témoignage à la Justice...
Puis je pris l'auto et regagnai la ville, en direction de l'Institution Jeanne d'Arc... J'étais décidé à aller jusqu'au bout...
Bonjour, ma Soeur. Maître René Berger. Je désirerais parler à la Mère Supérieure.
C'est que... Mère Marie-Frédérique donne son cours de Philosophie...
C'est très urgent... Peut-être une question de vie ou de mort! Je dois la voir. Je compte sur vous...
C'est bon, je vais voir, Maître... Mais, pourriez-vous éteindre votre pipe?
Il allait falloir jouer serré. J'entrais dans un univers encore plus étouffant que celui des bons Pères...
Que me voulez-vous donc?

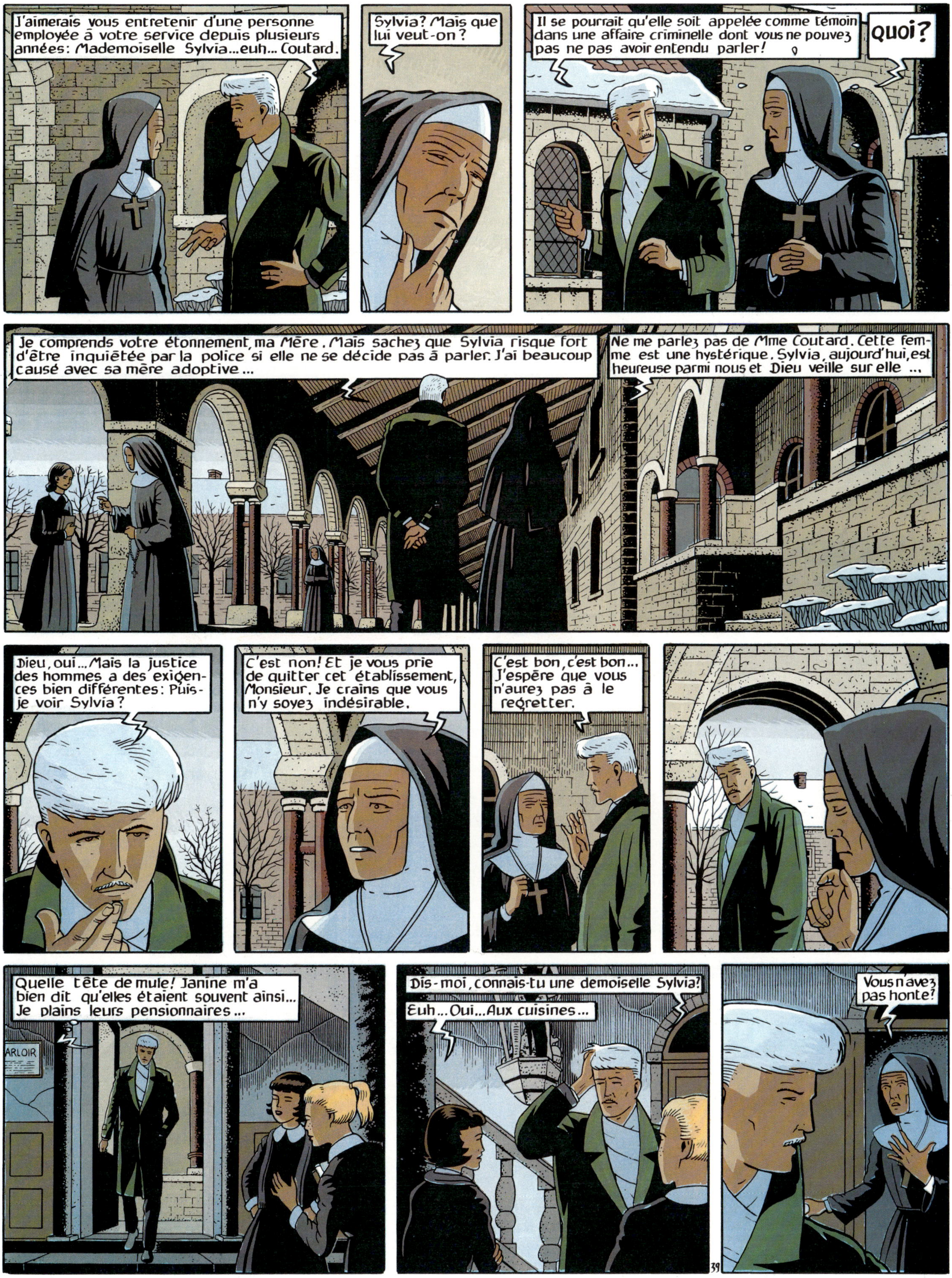
J'aimerais vous entretenir d'une personne employée à votre service depuis plusieurs années: Mademoiselle Sylvia...euh... Coutard.
Sylvia? Mais que lui veut-on?
Il se pourrait qu'elle soit appelée comme témoin dans une affaire criminelle dont vous ne pouvez pas ne pas avoir entendu parler!
QUOI?
Je comprends votre étonnement, ma Mère. Mais sachez que Sylvia risque fort d'être inquiétée par la police si elle ne se décide pas à parler. J'ai beaucoup causé avec sa mère adoptive...
Ne me parlez pas de Mme Coutard. Cette femme est une hystérique. Sylvia, aujourd'hui, est heureuse parmi nous et Dieu veille sur elle...
Dieu, oui... Mais la justice des hommes a des exigences bien différentes: Puis-je voir Sylvia?
C'est non! Et je vous prie de quitter cet établissement, Monsieur. Je crains que vous n'y soyez indésirable.
C'est bon, c'est bon... J'espère que vous n'aurez pas à le regretter.
Quelle tête de mule! Janine m'a bien dit qu'elles étaient souvent ainsi... Je plains leurs pensionnaires...
ARLOIR
Dis-moi, connais-tu une demoiselle Sylvia?
Euh... Oui... Aux cuisines...
Vous n'avez pas honte?
39

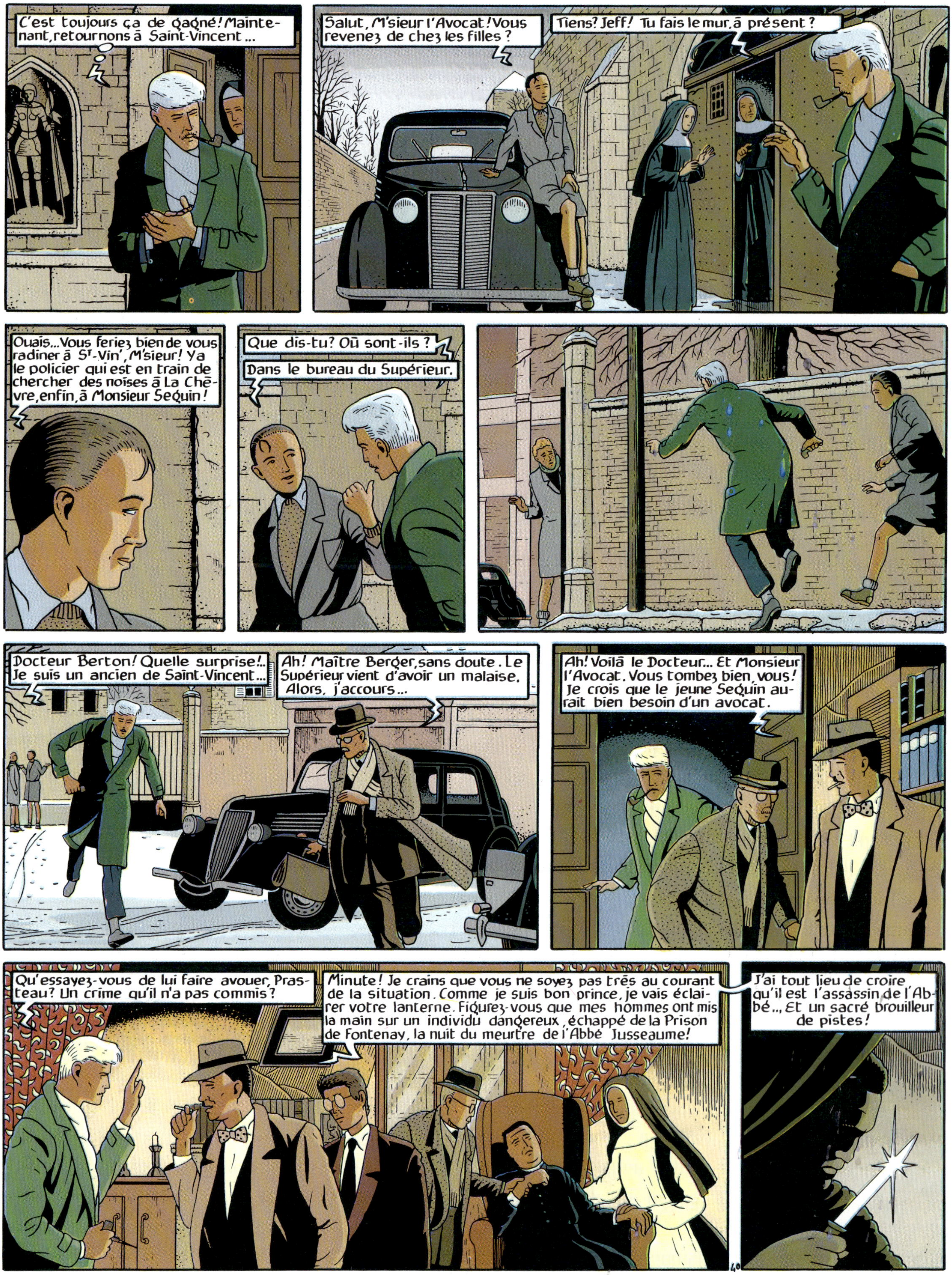

C'est toujours ça de gagné! Maintenant, retournons à Saint-Vincent...
Salut, M'sieur l'Avocat! Vous revenez de chez les filles?
Tiens? Jeff! Tu fais le mur, à présent?
Ouais... Vous feriez bien de vous radiner à St-Vin', M'sieur! Ya le policier qui est en train de chercher des noises à La Chèvre, enfin, à Monsieur Seguin!
Que dis-tu? Où sont-ils?
Dans le bureau du Supérieur.
Docteur Berton! Quelle surprise!.. Je suis un ancien de Saint-Vincent...
Ah! Maître Berger, sans doute. Le Supérieur vient d'avoir un malaise. Alors, j'accours...
Ah! Voilà le Docteur... Et Monsieur l'Avocat. Vous tombez bien, vous! Je crois que le jeune Seguin aurait bien besoin d'un avocat.
Qu'essayez-vous de lui faire avouer, Prasteau? Un crime qu'il n'a pas commis?
Minute! Je crains que vous ne soyez pas très au courant de la situation. Comme je suis bon prince, je vais éclairer votre lanterne. Figurez-vous que mes hommes ont mis la main sur un individu dangereux, échappé de la Prison de Fontenay, la nuit du meurtre de l'Abbé Jusseaume!
J'ai tout lieu de croire qu'il est l'assassin de l'Abbé... Et un sacré brouilleur de pistes!

Jusseaume était son confesseur à la prison et ce Daurand le connaissait bien. Il a dû vouloir lui emprunter de l'argent et l'affaire a mal tourné. D'ailleurs, il n'en était pas à son coup d'essai. Il est l'assassin d'une vieille dame de Luçon et je crois que cette fois, le voilà bon pour l'Enfer...
Mais, que comptez-vous requérir contre Lucien Seguin?
Ah! Voyez-vous ces messieurs de la Justice? Et que faites-vous du bon sens, Môssieur! Je suis Vendéen et j'ai les pieds sur terre, vous savez...
Vous savez comme moi que Seguin a été le dernier à voir le garçon vivant... Le dernier, vous m'entendez?... Dois-je vous dire que le Père Lherbier s'est mis à table? Il nous a fait quelques confidences!
Le monstre! Comment pouvez-vous croire un mot de cet homme dont la réputation, hélas, n'est plus à faire?
Croyez-vous? Moi je vous dis qu'il était bien placé le soir du crime et qu'il a vu Seguin s'approcher du garçon... Seguin qui était le seul, à part lui, à pouvoir connaître l'existence de la fameuse lettre...
C'est faux! La Tique ment!! C'est une honte!...
Ah! Tu sors de ton mutisme. Qu'as-tu d'autre à dire?
Je suis l'avocat de Lucien et c'est moi qui parle!
Il est une chose que vous ignorez, Prasteau, c'est qu'un couteau de cuisine avait été dissimulé dans la bibliothèque, après le «crime»! Cette arme a été retrouvée par un professeur de l'institution absolument digne de foi...
Et alors?...
Faut-il tout vous dire? Vous savez pourtant que le cadavre de Jusseaume portait les traces d'une agression au couteau antérieure à la nuit de son assassinat!
Où voulez-vous en venir?
Votre bon sens vous ferait-il subitement défaut? Le faux Antoine Duvert – il se nommait en réalité Robert Coutard – n'a pas été victime d'un meurtre, puisque c'était lui l'agresseur!
Quoi?
Mais?...
Je comprends ton étonnement, Lulu... Mais souviens-toi... Il faisait sombre... Dans l'obscurité, trompé par ton affection pour celui que tu prenais pour une victime, tu as pensé que c'était Jusseaume qui brandissait le couteau...
Jusseaume, qui, épouvanté par les intentions de ce garçon dont il ne savait rien, et au rendez-vous duquel il était venu, réussit pourtant à le maîtriser...

Mais le garçon, vif comme une anguille, lui échappa. Il fut malgré lui précipité dans le vide et ...
HAAAAA
... s'écrasa sur le carrelage du rez-de-chaussée.
Par un caprice du destin qu'on peut ou non interpréter comme une intervention divine, le fils de Jusseaume avait lui-même mis fin à ses jours ...
Quant à l'Abbé, blessé, affolé, il jeta le couteau dans une des bibliothèques avant de regagner sa chambre ...
Bobards! Bobards! Vous ne m'aurez pas, espèce de hâbleur! Les Bordelais sont bien tous les mêmes. Je veux bien ficher la paix à votre protégé Seguin, mais n'essayez plus de m'embobiner, l'enquête suivra son cours. Adieu, Messieurs!
Une minute, s'il vous plaît! J'ai quelque chose d'extrêmement important à dire ... concernant ce malheureux Jusseaume. Je connaissais depuis longtemps son tourment. Il ... Il s'était confessé à moi et j'ai cru jusqu'à ce jour qu'il me fallait garder ce secret. Mais Dieu me délivre à présent. Je sens qu'Il le veut!
Monsieur Prasteau, ce que dit René Berger est vrai! Lucien et lui ne cherchent pas à entraver la progression de votre enquête.
Mais la vérité était si effrayante! Et ce pauvre Jusseaume, à qui le Très-Haut a sûrement pardonné, pouvait-il lutter contre l'existence de sa chair? La destinée de Robert s'est accomplie d'elle-même ...
Et c'est maintenant que vous dites cela! Vous êtes-vous donc tous ligués contre moi? Vous mériteriez ...
Vous ignorez, Prasteau, ce qu'est un drame de conscience ...
Oh! Vous, ça suffit! Estimez-vous heureux que je fiche la paix à votre petit protégé. Car, pour moi, tout n'est pas absolument clair dans son comportement.
Un bon conseil, Seguin, faites-vous oublier!
Prasteau ne fut pas exaucé ... Mais je vous expliquerai cela plus tard. En attendant, un terme ambigu venait d'être mis à l'enquête officielle ...
Que me restait-il à faire à Fontenay? Je n'avais nulle envie de revoir Rose Coutard car je savais qu'elle ne me parlerait pas davantage ... Lulu Seguin fit ses bagages pour rentrer dans ses foyers. Nous partîmes en même temps.
42

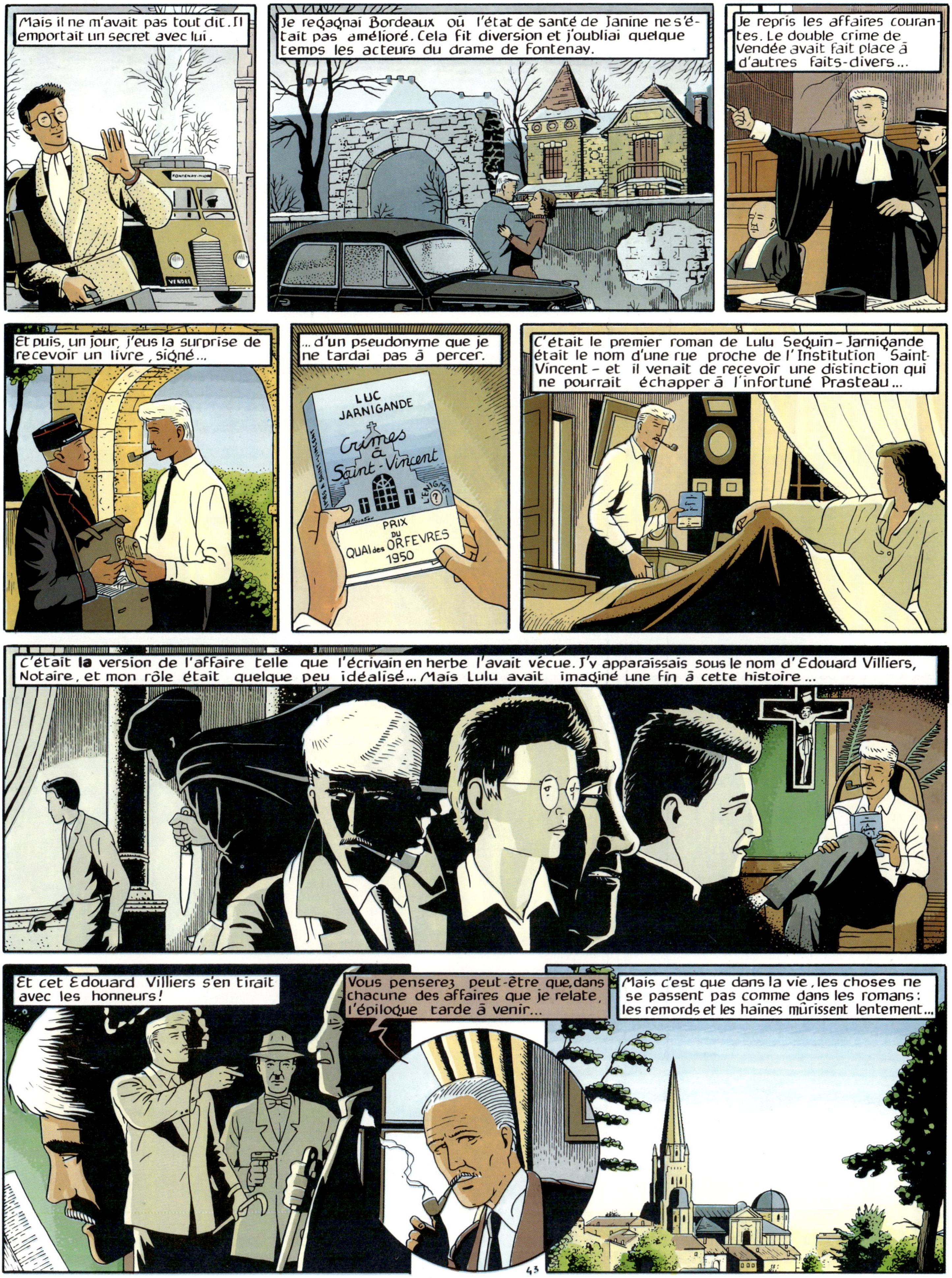
Mais il ne m'avait pas tout dit. Il emportait un secret avec lui.
FONTENAY-MIORT
VENDÉE
Je regagnai Bordeaux où l'état de santé de Janine ne s'était pas amélioré. Cela fit diversion et j'oubliai quelque temps les acteurs du drame de Fontenay.
Je repris les affaires courantes. Le double crime de Vendée avait fait place à d'autres faits-divers...
Et puis, un jour, j'eus la surprise de recevoir un livre, signé...
... d'un pseudonyme que je ne tardai pas à percer.
LUC JARNIGANDE
Crimes à Saint-Vincent
L'ÉNIGME
PRIX DU QUAI des ORFEVRES 1950
C'était le premier roman de Lulu Seguin-Jarnigande était le nom d'une rue proche de l'Institution Saint-Vincent - et il venait de recevoir une distinction qui ne pourrait échapper à l'infortuné Prasteau...
C'était la version de l'affaire telle que l'écrivain en herbe l'avait vécue. J'y apparaissais sous le nom d'Edouard Villiers, Notaire, et mon rôle était quelque peu idéalisé... Mais Lulu avait imaginé une fin à cette histoire...
Et cet Edouard Villiers s'en tirait avec les honneurs!
Vous penserez peut-être que, dans chacune des affaires que je relate, l'épilogue tarde à venir...
Mais c'est que dans la vie, les choses ne se passent pas comme dans les romans : les remords et les haines mûrissent lentement...
43

L'été suivant, Janine, sur les conseils du Docteur Prunier, prit des bains de mer. Nous louâmes une petite villa non loin de La Tranche, en Vendée, un endroit très calme à l'époque.
Lulu Séguin avait promis de nous y rejoindre, mais il était sans cesse retardé par la rédaction de son nouveau roman...
Je songeais souvent à l'étrange effet révélateur qu'avait eu sur lui l'affaire de Saint-Vincent ...
Un soir, je vis une silhouette qui avançait sur le remblai...
Une silhouette insolite...
Il me sembla que je rêvais... Mon esprit avait été impressionné bien plus que je le pensais par l'atmosphère qui avait baigné mon séjour à Fontenay-le-Comte...
... C'était une religieuse, une « bonne sœur » comme je disais lorsque j'étais enfant...

Vous êtes bien Maître Berger, Monsieur? Je suis sœur Mathilde, mais vous avez entendu parler de moi sous le nom de...
... Sylvia ...
Vous êtes donc... La mère de Robert!
Asseyez-vous, je vous en prie...
Non, je... je ne préfère pas...
J'ai des choses à vous dire, Maître. Je suis la meurtrière de l'Abbé Jusseaume. C'est Robert qui m'a montré la voie...
J'ai voulu venger mon fils!
Mesurez-vous la portée de vos dires, ma Sœur? Ignorez-vous que Daurand, convaincu de ce crime, a été exécuté voici quelques jours...
Oui, je le sais. Mais j'ai voulu attendre. D'ailleurs, Daurand était coupable d'un autre crime... En février, j'étais encore Novice. A présent, j'ai prononcé mes vœux. Et je suis prête à expier. C'est une affaire entre Dieu et moi.
!?
Mais elle est complètement folle! Pauvre fille.
Avez-vous parlé de ceci à votre confesseur?
Non, Maître. Vous êtes le premier à qui je fais cet aveu... Le premier et le dernier, peut-être. Si Robert avait vécu, tout se serait passé autrement. Mais tout cela est ma faute.
Pourquoi?...
C'est au cours d'une de mes visites chez Maman Rose, où je voyais Robert sans qu'il sache qu'il était mon fils, que j'ai appris la mort d'Antoine Duvert. J'ai montré mon étonnement qu'on ne le sache pas encore à Saint-Vincent où j'aidais parfois les servantes du réfectoire...
C'est ainsi que, d'après vous, l'idée a germé dans l'esprit de Robert de se faire passer pour son camarade décédé... pour parvenir à son père...
Oui. Et le mettre à l'épreuve. Puis le tuer, comme il le méritait! C'est la vengeance divine qui s'est accomplie!

Imprimé en France par Intergraphie - 42000 St-Etienne - Dépôt légal Juillet 1987